INK

文學叢書

223

亂世文談

胡蘭成◎著

目次

上編

中編

下編

編選者言

陳子善

編選胡蘭成上個世紀四十年代的文藝論著，難免觸及「文人與漢奸」這個話題。這是個敏感的話題，也是個吃力不討好的話題，姑且略陳管見。

遠的不必細說，大家也都知道，明末清初那些「貳臣」，如錢謙益、吳梅村諸人，當年曾爲清流所詬病，而今時過境遷，他們的文學成就已爲史家所推崇。即便爲士林更不齒的阮大鋮，其代表作《燕子箋》也不能說因了作者而在文學史上毫無地位。如果用今天的話來表述，一個文人的政治立場、民族氣節固然至關重要，但與他的文學藝術成就畢竟不是一回事，不能簡單的劃上等號，是應該分別加以考察和評估的，雖然兩者之間常有關聯。

這涉及到中國的一句古話：「文如其人」。在筆者看來，這只是對文人人品與文品的一種詮釋而已，並非「放之四海而皆準」的眞理。自古至今的中國文壇，文不如其人者，人不如其文者，文遠不如其人者，人遠不如其文者，都大有人在。人是複雜的，文人的情感、心態和訴求尤其複雜，不是用「文如其人」就能一言以蔽之的，除非你能證明周作人「落水」了，他以後的文字也隨之一併「落水」，一無是處。

上個世紀的中國文壇波詭雲譎，文學與國族、政見、戰爭、意識形態等等的關係百般糾纏，「剪不斷，理還亂」，文人大都有切膚之痛，身世之感，不同程度的大節有虧也絕非個別現象，特別耐人尋味。周作人的「落水」至今撲朔迷離，眞相不能大白，而之所以有論者在抗戰勝利後還寫下《惜周作人》這樣沉痛又頗受爭議的文字，是因爲周作人有一個輝煌的過去，人們無法迴避和否定他在「五四」時期的巨大功績。

胡蘭成的情形就大不相同了。他早年雖有「說愁道恨」的散文集《西江上》問世，卻至今未見眞容，了無影響。不早不晚，他在文壇揚名之日，也就是在政壇「落水」之時。這樣的「巧合」，這樣的身分，自然會遭到更嚴正的批評，再加上他與張愛玲的情感糾葛所導致的對張愛玲的傷害，也受到「張迷」更嚴厲的譴責。不過，還是應該澄清一點，沒有他自說自話的《今生今世》，沒有他後期話題廣泛的各類著述，胡蘭成在上個世紀四十年代留下的那麼多風格獨特、見解獨特的文藝評論，同樣風韻獨具、文筆獨具的散文隨筆，也是值得現代文學史家留意的。他提出張愛玲是「民國世界的臨水照花人」，他揭示「魯迅之後，有張愛玲」，哪怕不能算作不刊之論，至少也是頗具啓迪的吧？應該指出的是，《中國淪陷區文學大系》早已入選他的作品了。

從「漢奸」的級別論，曾任僞「滿洲國」國務總理大臣的鄭孝胥顯然要比胡蘭成高得多，但這並不妨礙重新公開出版他的《海藏樓詩集》並給予恰如其分的評價。筆者認爲對待胡蘭成也應持這種態度，全盤的否定和全盤的肯定都不足取，還是不因人廢言，「人歸人，文歸文」比較好。何況作爲一個個案，作爲一種特殊的歷史文化現象，作爲二十世紀中國文人某一方面的代表，胡蘭成其人其文都應該認眞研究，這項嚴肅的學術工作今天剛剛起步。

爲此，筆者費時數載，多方搜尋，終於編成這部《亂世文談》，力求還原歷史語境，提供眞實文本。不敢說已將胡蘭成四十年代文藝創作和評論方面的佚文一網打盡，能對胡蘭成研究有所裨益這點自信還是有的，果眞如此，筆者的努力也就算值得了。

本書的編選得到了胡紀元先生的熱情支持，謹此致謝。

上編

論張愛玲

一

張愛玲先生的散文與小說，如果拿顏色來比方，則其明亮的一面是銀紫色的，其陰暗的一面是月下的青灰色。

是這樣一種青春的美，讀她的作品，如同在一架鋼琴上行走，每一步都發出音樂。但她創造了生之和諧，而仍然不能滿足於這和諧。她的心喜悅而煩惱，彷彿是一隻鴿子時時要想衝破這美麗的山川，飛到無際的天空，那遼遠的，遼遠的去處，或者墜落到海水的極深去處，而在那裡訴說她的秘密。她所尋覓的是，在世界上有一點頂紅頂紅的紅色，或者是一點頂黑頂黑的黑色，作爲她的皈依。

她讚歎越劇《借紅燈》這名稱，說是美極了。爲了一個美麗的字眼，至於感動到那樣，這裡有著她對於人生之虔誠。她不是以孩子的天眞，不是以中年人的執著，也不是以老年人的智慧，而是以洋溢的青春之旖旎，照亮了人生。

我可以想像，她覺得最可愛的是她自己，有如一枝嫣紅的杜鵑花，春之林野是爲她而存在。因爲愛悅自己，她會穿上短衣長褲，古典的繡花的裝束，走到街上去，無視於行人的注目，而自個兒陶醉於傾倒於她曾在戲台上看到或從小說裡讀到，而以想像使之美化的一位公主，或者僅僅是丫環的一個俏麗的動作，有如她之爲「借紅燈」這美麗的字眼所感動，至於願使自己變成就是這個美麗的字眼那樣。這並不是自我戀。自我戀是傷感的，執著的，而她卻是跋扈的。倘要比方，則基督在人群中走過，有一個聲音說道「看哪，人子來了」，她的愛悅自己是和這相似的。

正如少年人講話愛搶先，覺得自己要說的話太多太興奮到不可抑止，至於來不及也沒有空隙容許他傾聽對方的說話，而常常無禮地加以打斷一樣，張愛玲先生由於青春的力的奔放，往往不能抑止自己去尊重外界的事物，甚至於還加以蹂躪。她知道的不多，然而並不因此而貧乏，正因爲她自身就是生命的泉源。倒是外界的事物在她看來成爲貧乏的，不夠用來說明她所要說明的東西，她並且煩惱於一切語言文字的貧乏。這使她寧願擇取古典的東西做材料，而以圖案畫的手法來表現。因爲古典的東西離現實愈遠，她愈有創造美麗的幻想的自由，而圖案畫的手法愈抽象，也愈能放恣地發揮她的才氣，並且表現她對於美寄以宗教般的虔誠。

她一次對我說，她最喜歡新派的繪畫。新派的繪畫是把形體作成圖案，而以顏色來表現象徵的意味的。它不是實事實物的複寫，卻幾乎是自我完成的創造。我想，是因此之故，特別適宜於她的年齡與才華的吧。她曾經給我看過她在香港時的繪畫作品，把許多人形畫在一幅畫面上，有善於說話的女人，低眉順眼請示主人的女廚人、房東太太、舞女等等。她說是因爲當時沒有紙，所以畫在一起的，但這樣的畫在一起，卻構成了古典的圖案。其中有一幅是一位朋友替她塗的青灰的顏色，她讚歎說：「這眞如月光一般。」我看了果然是幽邃，靜寂得使人深思的。

她的小說和散文，也如同她的繪畫，有一種古典的，同時又有一種熱帶的新鮮的氣息，從生之虔誠的深處迸激出生之潑剌。她對於人生，恰如少年人的初戀，不是她的對象眞有這樣美，這樣崇高，卻是她自己的青春創造了美與崇高，使對象聖化了。

和她相處，總覺得她是貴族。其實她是清苦到自己上街買小菜。然而站在她跟前，就是最豪華的人也會感受威脅，看出自己的寒傖，不過是暴發戶。這絕不是因爲她有著傳統的貴族的血液，卻是她的放恣的才華與愛悅自己，作成她的這種貴族氣氛的。

貴族氣氛本來是排他的，然而她慈悲，愛悅自己本來是執著的，然而她有一種忘我的境界。她寫人生的恐怖與罪惡，殘酷與委屈，讀她的作品的時候，有一種悲哀，同時是歡喜的，因爲你和作者一同饒恕了他們，並且撫愛那受委屈的。饒恕，是因爲恐怖，罪惡與殘酷者其實是悲慘的失敗者，如《金鎖記》的曹七巧，上帝的天使將爲她而流淚，把她的故事編成一隻歌，使世人知道愛。而《花凋》的女主角受了一生的委屈，委屈到死，則作者把她寫成一個殉道者，而以「永恆的愛，永恆的依依」作爲她的大理石的墓的題詞。讀它的時候，我記起了被繫時作的詩中的兩句：「這是淚花晶瑩的世界，然而是美麗的。」作者悲憫人世的強者的軟弱，而給予人世的弱者以康健與喜悅。人世的恐怖與柔和，罪惡與善良，殘酷與委屈，一被作者提高到頂點，就結合爲一。他們無論是強者，是弱者，一齊來到了末日審判，而耶和華說「我的孩子，你是給欺侮了」，於是強者弱者同聲一哭，彼此有了瞭解，都成爲善良的，歡喜的了。

她就是這樣，「因爲懂得，所以慈悲。」基督在雞鳴之前祈禱三次：「主呵，如果可以移開這杯子，讓它移開吧。」而終於說：「既是主的意思，我將喝乾它。」於是他走向十字架，饒恕了釘死他的人們，並且給釘死在他旁邊的兩個強盜祝福。她就是這樣，總覺得對於這世界愛之不盡。

她的這性格，在和她接近之後，我漸漸瞭解了。初初一看，似乎她之爲人和她的作品是不相似的。因爲，倘以爲她爲驕傲，則驕傲是排斥外界的，倘以爲她爲謙遜，則謙遜也是排斥外界的，而她的作品卻又那麼地深入人生。但我隨即發現，她是謙遜而放恣。她的謙遜不是拘謹，放恣也不是驕傲。

一次她說：「將來的世界應當是男性的。」那意思，就是她在《沉香屑》裡說的「那是個淡色的，高音的世界，到處是光與音樂。」她還是孩子的時候，就曾經想以隋唐的時代做背景寫一篇小說，後來在回憶中說道：「對於我，隋唐年間是個橙紅的時代。」她還是十幾歲的時候寫過一篇霸王與虞姬，有這樣的句子借項羽的口說道：「我們是被獵了，但我倒轉要做獵者。」從這些地方都可以看出她具有基督的女性美，同時具有古希臘的英雄的男性美。她的調子是陰暗而又明亮的。她見了人，很重禮數，很拘謹似的，其實這禮數與拘謹正是她缺乏的，可以看出她的努力想補救，帶點慌張的天眞，與被抑制著有餘的放恣。有一次，幾個人在一道，她正講究著禮數，卻隨即爲了替一個人辯護，而激越了，幾乎是固執地。她是倔強的。

因爲她倔強，認眞，所以她不會跌倒，而看見了人們怎樣的跌倒。只有英雄能懂得英雄，也只有英雄能懂得凡人，跌倒者自己是不能懂得怎樣跌倒的。她的作品的題材，所以有許多跌倒的人物。因爲她的愛有餘，她的生命力有餘，所以能看出弱者的愛與生命的力的掙扎，如同《傾城之戀》裡的柳原，作者描寫他的無誠意，卻不自覺地揭露了他的被自己抑制著的誠意，愛與煩惱。

幾千年來，無數平凡的人失敗了，破滅了，委棄在塵埃裡，但也是他們培養了人類的存在與前進。他們並不是浪費的，他們是以失敗與破滅證明了人生愛。他們雖敗於小敵，但和英雄之敗於強敵，其生死搏鬥是同樣可敬的。她的作品裡的人物之所以使人感動，便在於此。

又因爲她的才華有餘，所以行文美麗到要融解，然而是素樸的。

講到她的倔強，我曾經設想，甚麼是世界上最強的人呢？倘使有這樣一個人，他被一種從未經驗過的煩惱重重地迫著，要排遣它是不能，倘竟迫倒了他呢，他也將感謝它，然而也不能。他試試喝醉，想使自己軟弱些，也還是想要失敗而不能。有如半馬人齊龍被他的學生赫格爾斯的毒箭射中，而他是得了不朽的，在苦痛中怎麼也死不掉。他祈禱大神宙斯取回他的不朽，讓他可以死去，結束苦痛。這是強者的悲哀。但這樣的人還不是最強者，因爲他的悲哀裡沒有喜悅。

而她，是在卑微與委屈中成就她的倔強，而使這倔強成爲莊嚴。如《金鎖記》裡的長安，她的生命裡頂完美的一段終於被她的母親加上了一個難堪的尾巴，當她的愛人童世舫告辭的時候，她這樣寫：「長安靜靜的跟在他後面送了出來。她的藏青長袖旗袍上有著淡黃的雛菊。她兩手交握著，臉上顯出希有的柔和。世舫回過身來道：『姜小姐……』她隔得遠遠的站定了，只是垂著頭。世舫微微鞠了一躬，轉身就走了。長安覺得她是隔了相當距離看這太陽裡的庭院，從高樓上望下來，明晰親切，然而沒有能力干涉，天井，樹，曳裡蕭條的影子的兩個人，沒有話——不多的一點回憶，將來是要裝在水晶瓶裡雙手捧著看的——她的最初也是最後的愛」。這眞是委屈，然而是最強的抗議。是這樣深的苦痛，而「臉上顯出希有的柔和」，沒有一個荷馬的史詩裡的英雄能忍受這樣大的悲哀，而在最高的處所結合了生之悲哀與生之喜悅。

因爲，她是屬於希臘的，同時也屬於基督的。她有如黎明的女神，清新的空氣裡有她的夢思，卻又對於這世界愛之不盡。

起先，我只讀了她的一小部分作品，有這樣的耽心，以爲青春是要消失的，她對於人生的初戀將有一天成爲過去，那時候將有一種難以排遣的悵然自失，而她的才華將枯萎。現在，我不再這麼想了。我深信她的才華是常青的。何以呢？就因爲她不僅是希臘的，而且是基督的。

二

論到她的作品，我想先從《傾城之戀》說起。

白公館的流蘇小姐二十歲上離了婚，回娘家，住七八年，哥嫂騙光了她的錢之後，用教訓，也用冷言熱語要將她逼走。而她也終於出走了，抱著受了委屈的心情，拚著接受罪惡的挑戰，在罪惡中跋涉，以她的殘剩的青春作命運的一擲。但也並非全由於負氣，還更由於直到現在才分明地使她吃驚的古老的家庭的頹敗生活，埋葬了一代又一代的青春，沒有同情，沒有一點風趣的殘剩，是這麼一種淒涼情味，使她的出走類似逃亡。

這種頹敗的氣氛，以前她是沒有感覺到的，因爲她是此中長大的。第一次感覺到，大概是在結婚之後丈夫的家裡。男家和她的娘家白公館應是同等門戶，只因爲於她是生疏，她以生人的眼看出了這種頹敗的氣氛，但不能如這次的分明，卻不過是覺得諸般的不合適。作者雖然沒有提到離婚的原因，可是不難想像的。於是她回到娘家，在那裡有她做女兒時代一切熟悉的東西，使她又住上了七八年。但在哥嫂排擠她，使她覺得在娘家也成了一個生人之後，她驟然地發現了這古老的家庭的頹敗氣氛，比她哥哥的教訓和嫂嫂的冷言熱語更難受，而同時也是與這些教訓和冷言熱語混合爲一的灰暗而輕飄的畫面，而陷於一種絕望的恐怖，淒涼地，小聲地說道：「這屋子裡可住不得了！……住不得！」

於是她走了，怨憤地，淒涼地，也喜悅地。

然而她不是娜拉。她是舊式家庭的女子，以她殘剩的青春的火把，去尋覓一些兒溫存，一些兒新鮮，與一些兒切實的東西。她把這些歸結於第二次的結婚，而她也只能如此。

她的對手柳原是一個自私的男子，也可以說是頽敗的人物，不過是另一種的頽敗。他和她要好，不打算和她結婚。這樣的人往往是機智的，伶俐的，可是沒有熱情。他的機智與伶俐使他成爲透明，放射著某種光輝，卻更見得他的生命之火是已經熄滅了。結婚是需要虔誠的，他沒有這虔誠。他需要娼妓，也需要女友，而不需要妻。他與薩黑荑妮公主往來，這薩黑荑妮公主對於他毋寧是娼妓，他絕不把她和流蘇同等看待。保持這樣的女友關係，靠的是機智與伶俐，不是靠的熱情。流蘇恨他的這一手，但也有不盡瞭解他的地方。柳原有意當著人做出和她親狎的神氣，而兩人相對時卻又是平淡的，閒適的，始終保持著距離。他的始終保持著距離是狡獪，但他當著人和她的親狎卻是有著某種眞情的。人們把他倆當做夫婦，在他乃是以欺騙來安慰自己，因爲他只是厭倦人生，缺乏家庭生活的虔誠，沒有勇氣結婚而已，但仍然自己感覺到這一面的空虛，他需要以僞裝的夫婦來塡補這空虛。其人是自私的，並且怯弱。有一天，他在深夜裡打電話給流蘇，也不是爲了要使流蘇煩惱，卻正是他自己的煩惱的透露，他說出了愛，隨即又自己取消了。因爲怯弱，所以他也是淒涼的。

但流蘇不能懂得這些，只以爲都是他在刻毒她，玩弄她，她也是自私的，但她的自私只是因爲狹隘，和柳原的自私之因爲軟弱不同。當她賭氣回上海住了些時，柳原打電報請她再到香港去的時候，她覺得萬分委屈，失敗到不能不聽他擺佈而哭了。這處所，倘在低手，是要寫成一喜一怒，或慚喜交集的，其實是絕沒有喜意，也沒有怒，連愧慚都不是，而有的只是一腔委屈。

重到香港之後，一個晚上柳原吻了她。第二天他卻告訴她，他一禮拜後就要上英國去。他是要逃避自己的這一吻。

流蘇被留在香港，獨自住在他給她租下的一所房子裡。一切竟是這樣的空洞，不切實，這樣的沒有著落嗎？不，就是夢也要比這更分明些。她搬進了新房子，「客廳裡門窗上的油漆還沒乾，她用食指摸著試了一試，然後把那黏黏指尖貼在牆上，一貼一個綠跡子。爲甚麼不？這又不犯法？這是她的家！她笑了，索性在那蒲公英黃的粉牆上打了個鮮明的綠手印。」她要證實給自己看，就是欺騙自己都好。

於是來了戰爭，柳原和流蘇逃難做一起。這戰爭，如作者所說，流彈的「那一聲聲的『吱呦呃……』撕裂了空氣，撕毀了神經。淡藍的天幕被扯成一條一條在寒風中簌簌飄動。風裡同時飄著無數剪斷了的神經的尖端，那炸彈轟天震地一聲響，整個的世界黑了下來，像一隻碩大無朋的箱子，拍地關上了蓋，數不清的羅愁綺恨，全關在裡面了。」而更要緊的，是這流彈與炸彈把柳原與流蘇的機智與伶俐，自私與軟弱都撕掉了，剩下素樸的一男一女，變成很少說話，卻彼此關切著，結了婚了。早先說的「死生契闊——與子相悅，執子之手，與子偕老」這一首最悲哀的詩，至此得到眞實的人生做註解了：「可是總有地方容得下一對平凡的夫妻的。」

這故事結局是壯健的，作者刻劃了柳原與流蘇的機智與伶俐，但終於否定了這些，說道：「他不過是一個自私的男子，她不過是自私的女人。」而有些讀者卻停留於對柳原與流蘇的俏皮話的玩味與讚賞，並且看不出就在這種看似鬥智的俏皮話中也有著眞的人性，有著抑制著的煩惱，對於這樣的讀者，作者許是要感覺寂寞的吧。

至於文句的美，有些地方眞是不可及的。例如：「那口渴的太陽汨汨地吸著海水，漱著、吐著、嘩啦嘩啦的響。人身上的水分全給它吸乾了，人成了金色的枯葉子，輕飄飄的。流蘇漸漸感到那奇異的眩暈與愉快……」凡是在海灘上玩過的人大概總能領略這妙處的。又如寫流蘇剛到香港：「那是個火辣辣的下午，望過去最觸目的便是碼頭上圍列著的巨型廣告牌，紅的、橘紅的、粉紅的，倒映在綠油油的海水裡，一條條，一抹刺激性的犯沖的色素，躥上落下，在水底下廝殺得異常熱鬧。流蘇想著，在這誇張的城裡，就是栽個跟斗，只怕也比別處痛些，心裡不由的七上八下起來。」好在哪裡，我想是無須解釋的。並且我也不想一一舉出，不如讓讀者們自己去發現來得更好。

三

有一次，張愛玲和我說「我是個自私的人」，言下又是歉然，又是倔強。停了一停，又思索著說：「我在小處是不自私的，但在大處是非常的自私。」

她甚至懷疑自己的感情，貧乏到沒有責任心。但她又說：「譬如寫文章上頭，我可是極負責任的。」究竟是甚麼回事呢？當時也說不上來。

但也隨即得到了啓發。

是幾天之後，我和一個由小黨員做到大官的人閒談，他正經地並且看來是很好意地規勸我：應當積極，應當愛國，應當革命。我倦怠地答道：「愛國全給人家愛去了，革命也全給人家革去了，所以我只好不愛國了，不革命了。」

正如魯迅說的：正義都在他們那一邊。他們的正義和我們有甚麼相干？而這麼說說，也有人會怒目而視，因爲群眾是他們的，同志也是他們的，我又有甚麼「們」？好，就說是和我不相干吧。於是我成了個人主義者。

再遇見張愛玲的時候，我說：「你也不過是個人主義者罷了。」這名稱是不大好的，××××××××××××××××××××××××××××××××××

××但也沒有法子，就馬馬虎虎承受這個名稱吧。

說到「沒有法子」和「馬馬虎虎」，想起一次和清水、池田兩位談天，他們很驚奇這兩句中國特有的流行語。我說這兩句話是民國以來才有的。幾十年來，英雄們來來去去，一個個摩拳擦掌，在那裡救國救民。而人民，卻只是趕著看熱鬧，你問他遊行他也去，你叫他喊口號他也喊。回來問他怎樣?他說是「馬馬虎虎」。但凡英雄們，無論是土著的，外來的，總是異口同聲地歎氣，對於這樣的人民「沒有法子」。也幸虧這「馬馬虎虎」，人民才不至於被騙光，使得英雄們作惡「沒有法子」作得徹底。

還是各人照管照管自己吧。同時也不妨聽聽公說公的理，婆說婆的理，當作餘興。《到底是上海人》裡讚揚上海人的這種聰明，與幾乎具有魅惑性的幽默，但不是俏皮。

這樣的個人主義是一種冷淡的怠工，但也有更叛逆的。它可以走向新生，或者破滅，卻是不會走向腐敗。如今人總是把個人主義看做十五世紀歐洲文藝復興時代專有的東西，殊不知歷史上無論哪個新舊交替的時代都是這樣的。奴隸社會也好，封建社會、資本主義社會也好，當它沒落之際，都是個人被團體淹死，而人類被物質淹死。有如一家破落的大戶，奴隸厭倦主人，主人也厭倦奴隸，生活的一角更沉湎於奢侈，而生活的全面則是物的貧乏，使人心因爲吝嗇而收縮。一切成爲不可忍受，如《論寫作》裡說的有一種「壅塞的憂傷」，人也「霧數」，物也「霧數」，沒有一樁順眼的。要活下去，是只好出走，如《走，走到樓上去！》裡說的「去接近日月山川」，並且把物從陰暗的角隅裡拖出來，拆散，一件件洗乾淨了，也得個爽心悅目。

蘇格拉底與盧騷就是這麼地要袪除氤氳於「霧數」的東西上頭的神秘，而訴之於理性。他們都是個人主義者，盧騷還挑戰地說：「我即使不比別人更好，至少我是和別人不同的。」

講到出走，她的一張照片，刊在《雜誌》上的，是坐在池塘邊，眼睛裡有一種驚惶，看著前面，又怕後頭有甚麼東西追來似的。她笑說：「我看看都可憐相，好像是挨了一棒。」她有個朋友說：「像是個奴隸，世代爲奴隸。」我說：「題名就叫逃走的女奴，倒是好。」過後想想，果然是她的很好說明。逃走的女奴，是生命的開始，世界於她是新鮮的，她自個兒有一種叛逆的喜悅。

但她和蘇格拉底、盧騷他們都不同。

紀元前四世紀的希臘只是在解體中，後面並沒有新的時代，蘇格拉底的理性沒有現實的東西可以依附，隨後是被吸收到基督教裡去了。尼羅時代的羅馬也是有沒落而無新生，如顯克微支的《往何處去》裡所寫的，人們倦怠於生活，盛行了諷刺，但終因時代沒有前景，所以諷刺也漸漸稀薄，成爲無害的警句，過後是無結果地消失了。一時代的沒落之後倘使隨來的是空虛，是開不出文學的花來的。

盧騷的時代卻是有著資本主義革命的前景的，所以盧騷對於舊時代是譴責，不再用諷刺。他有《民約論》，有《愛彌兒》，替時代開了藥方。

如今的情形可又是另一種。

文學上從諷刺發展到譴責，再發展到對於新事物的尋求，往往是經過一串長的程序的，而現在卻是壓縮在一起。例如魯迅，在他同時寫的作品裡就有諷刺，有譴責，有尋求，並且有開方。這是因爲幾十年來中國一直在連續地革命與連續地反動之故。但魯迅在開方上頭是錯了，他的參加左翼文學是一個無比的損失。他是過早地放棄了他的個人主義。個人主義是舊時代的抗議者，新時代的立法者，它可以在新時代的和諧中融解，卻不是甚麼紀律或克制自己所能消滅的。

魯迅的遭遇比果戈理好，果戈理的諷刺沒有下梢，他竭力和空虛掙扎，想歸結到有所尋求，但終於自己燒掉了《死魂靈》的後半部。他的晚年是可哀的。魯迅的諷刺卻是有尋求，所以能不受空虛的襲擊，而走向如火如荼。但魯迅的收場也並不比托爾斯泰或果戈理更好。托爾斯泰是偉大的尋求者，但一開方，就變個枯竭的香客了。魯迅開的方是史大林一味，也等於宗教。而在過早地放棄個人主義上頭，則魯迅和果戈理在晚年同樣地被甚麼紀律所犧牲了。

魯迅之後有她。她是個偉大的尋求者。和魯迅不同的地方是，魯迅經過幾十年來的幾次革命和反動，他的尋求是戰場上受傷的鬥士的淒厲的呼喚，張愛玲則是一枝新生的苗，尋求著陽光與空氣，看來似乎是稚弱的，但因爲沒受過摧殘，所以沒一點病態，在長長的嚴冬之後，春天的消息在萌動，這新鮮的苗帶給人間以健康與明朗的、不可摧毀的生命力。

一九二五至二七年中國革命的失敗，使得許多青年作家的創作力都毀滅了，現代雜誌社的那些人，有的是從明麗的南歐留學回來的，帶來一些鮮潔的空氣，如同沾著露水的花朵，剛剛使人眼目一亮，很快就枯萎了。時代的陰暗給予文學的摧折眞是可驚的。沒有摧折的是魯迅，但也是靠的尼采式的憤怒才支持了他自己。

到得近幾年來，一派兵荒馬亂，日子是更難過了，但時代的陰暗也正在漸漸袪除，兵荒馬亂是終有一天要過去的，而傳統的嚇人的生活方式也到底被打碎了，不能再恢復。這之際，人們有著過了危險期的病後那種平靜的喜悅，雖然還是軟綿綿的沒有氣力，卻想要重新看看自己，看看周圍。而張愛玲正是代表這時代的新生的。

魯迅是尖銳地面對著政治的，所以諷刺、譴責。張愛玲不這樣，到了她手上，文學從政治走回人間，因而也成爲更親切的。時代在解體，她尋求的是自由，眞實而安穩的人生。

統治這世界的是怎樣一種生活呢？《封鎖》裡的翠遠，像教會派的少奶奶，她知道自己生活得沒有錯，然而不快樂。她沒有結婚，在電車上膽怯怯地接受了一個男人調情，原來在她的靈魂裡也有愛，然而即刻成了穢褻，她吃驚，並且混亂了。那男人，生活得也不好，是個銀行的職員，像烏殼蟲似地整天爬來爬去，很少有思想的時間。和那女人，不過是很偶然的戲劇化的一幕，但他從自己的一生中記憶起了一些甚麼，使他煩惱，不滿於他自己了。

高等的如《傾城之戀》裡柳原與流蘇的調情，人生成了警句，但不是一篇作品。柳原說的沒有錯，「死生契闊——執子之手，與子偕老」是一首悲哀的詩，世界是荒涼的，並且太沉重了，他的機智與風趣只是螢火蟲的微藍的光，在黑暗中照亮自己。

還有更低等的如《連環套》裡霓喜過的那種日子。霓喜一個又一個地和男人姘居，有如飢餓的人貪饞地沒有選擇地大嚼榨過油的豆餅，雖然也有滋養，不免傷了腸胃，精緻的東西不一定是偉大，但人吃畜生的飼料到底是悲愴的。

柳原的光輝久後是要黯淡的。這光輝一消失，便成了《沉香屑·第一爐香》裡的梁太太。梁太太一直過的高等調情的生活，越來越變成現實的淺薄的享樂，靈感褪了色，只好加上膩與刺激，以濃濃的味使自己上癮，並且欺騙自己，當作這裡邊有著滋養。

這種靠不住的靈感的褪色是可哀的。《金鎖記》裡姜公館的客廳是陰沉沉的，姜公館的男女一個個如同年深月久貼在屏風上繡出的鳥，沒有歌唱，連抖動一下翅膀的意思都永遠沒有了。即使加上膩與刺激也沒有用，久後成了麻痺，如同《年輕的時候》裡的油炸花生下酒的父親，聽紹興戲的母親，庸俗的姊姊，過的日子正如紹興戲的唱腔寬平面無表情，熱鬧的，眩暈的，不眞實的。如同《花凋》裡的鄭先生家，外面好看，裡頭姊妹們爲了一件衣裳一雙襪子費盡心機，幾乎是退到原始的生存競爭，並不比拾荒的孩子們的爭吵更文明些。

是甚麼鞭子把人打成這樣子可憐相的呢？是《年輕的時候》裡教科書的愴然告誡自己：「無論甚麼事，都不可以大意。無論甚麼事，都不能稱自己的心願的。」連驚歎號都沒有，只是冷冷的逗點與句點。是《金鎖記》裡那沉重的黃金的枷鎖。總之是這世界上有著牽牽纏纏使人不愉快的，不成款式的人生的倫理。

她譴責這些，而撫慰那被損害的、被侮辱的。她以眼淚，不是悲愴的而是柔和的眼淚洗淨了人間。在《公寓生活記趣》與《道路以目》裡，她把事事物物養在水盂裡，如同雨花台的小石子，精緻的，明朗而親切的。她拆卸了戲劇化的裝飾，把人類的感情揩拭乾淨，告訴他們衣著的美，吃食的美，告訴他們怎樣聽幼稚的弟弟講故事：「他還沒有說完，我已經大笑起來，在他的腮上吻了一下，把他當作小玩意。」

但這些都是個人的，倘或集團相處又怎樣呢？

《到底是上海人》裡她讚美上海人的聰明，那種把公說公的理，婆說婆的理也當作一個小玩意的風趣。不過事實本身並沒有她的這說明那樣好，她另有她所尋求的。《論寫作》裡她神往於申曲「五更三點望曉星，文武百官上朝廷，東華龍門文官走，西華龍門武將行，文官執筆安天下，武官上馬定乾坤」那種時代，如南星的散文裡有一句「午後庭院裡的陽光是安穩的」，眞是思之令人淚落。但她不能開方，她是止於偉大的尋求。

她是個人主義的。蘇格拉底的個人主義是無依靠的，盧騷的個人主義是跋扈的，魯迅的的個人主義是悽厲的，而她的個人主義則是柔和、明淨。至此忽然記起了郭沫若的《女神》裡的「不周山」，黃帝與共工大殺一通之後，戰場上變得靜寂了，這時來了一群女神，以她們的撫愛使宇宙重新柔和，她就是這樣，是人的發現與物的發現者。

原載一九四四年五月、六月上海《雜誌》第十三卷第二、三期
文中省略處爲發表時檢查機關所刪

張愛玲與左派

有人說張愛玲的文章不革命，張愛玲文章本來也沒有他們所知道的那種革命。革命是要使無產階級歸於人的生活，小資產階級與農民歸於人的生活，資產階級歸於人的生活，不是要歸於無產階級。是人類審判無產階級，不是無產階級審判人類。所以，張愛玲的文章不是無產階級的也罷。

革命必通過政治鬥爭，到改造經濟制度。制度滲透於一般人的日常生活的各方面，而且到了最深的處所。制度腐敗了，人是從生活的不可忍受裡去懂得制度的不可忍受的。生活的不可忍受，不單是不能活，是能活也活得無聊賴，覺得生命沒有了point，這樣才有張愛玲的詩：

他的過去裡沒有我：

曲折的流年，
深深的庭院，
空房裡曬著太陽，
已經成爲古代的太陽了。
我要一直跑進去，
大喊：「我在這兒！
我在這兒呀！」

這時候人要求重新發現自己，發現世界，而正是這人的海洋的吸動裡滿蓄著風雷，從這裡出來的革命才是一般人們的體己事。革命有地下室的活動，展開時還有指揮部與突擊隊，然而決定鬥爭的是全軍的軍容。張愛玲的文章沒有提到革命的指揮部與突擊隊倒是更完全的。

還有，人是爲了心愛的東西才革命的，洗淨它，使它變得更好更可靠。

倘在現實生活裡不知道甚麼是美的，也必不知道甚麼地方受了污穢與損傷，那樣的人要革命，自然只好讓他們去革，可是也不必向他們領教。他們沒有生命的青春，所以沒有柔和，崇拜硬性。他們還崇拜力，是崇拜物理的力，不是生命力，因爲他們的線條怎樣看來也沒有生命力，所以總喜歡畫得粗些，再粗些，成爲粗線條。一次幾個人看一幅齊白石的畫，不像是眞品，主人卻嘖嘖稱歎，說畫得多有魄力。池田篤紀說：「這哪裡是魄力，這是膂力罷了。」他們的粗線條其實不過是這種膂力。

馬克思主義者至今只發現了藝術的背景，不懂得藝術還有它自身。他們把藝術看做事物的反映，時代的鈐記，然而鈐記是並不能給時代加添一點甚麼的，事物沒有鏡子，也無損於它的完全。只有私有制的社會裡，沒有無主的東西，要從表示所有權的鈐記才能想像事物的存在，漸漸把鈐記自身也看作是一種存在。

資本主義末期，人的存在成爲被動的，不是人創造事物，人倒是事物的反映了，說藝術是反映，是鈐記，不過是這種錯覺的抄襲。不懂得藝術自身，是會連藝術的背景也說不明白的。他們說藝術被階級性沾染，這當然是，但也不過是被沾染而已，藝術是植根於人類的，在有階級的社會，它的背景是通過了階級的人類，可是他們只說是階級。他們並且抄襲教會的把藝術看做裝飾，資產階級的把藝術看做宣傳，也說藝術不過是無產階級的工具。

藝術是甚麼呢？

是人生的超過它自己，時代的超過它自己，是人的世界裡事物的昇華，這超過它自己到了平衡破壞的程度便是革命。懂得這個，才懂得在張愛玲之前謙遜。

張愛玲的《夜營的喇叭》，在這時代的淒涼與恐怖裡像一個熟悉的調子，簡單的心奔走著充滿喜悅與同情，這裡有一種橫了心的悲壯。可是時代到底沉重，《走，走到樓上去！》便是一齣這樣的悲喜劇。平常人不是英雄，在他們的生活裡沒有悲劇與喜劇的截然界限，他們不那麼廉價地就會走到感情的尖端。

一次讀漢詩：「翩翩堂前燕，春藏夏來見。弟兄兩三人，流宕在他縣。故衣誰當補，新衣誰當綻。幸得賢主人，攬取爲我袒。夫婿從門來，斜柯西北眄。語卿且勿眄，水清石自見。石見何磊磊，遠行不如歸。」讀到「語卿且勿眄」，張愛玲笑了，說：「啊！怎麼能夠的，詩也可以這樣滑稽！怎麼後來人寫詩，好詩總是悲哀的多，一滑稽就變成打油詩了，從前的人眞是了不起。這樣開玩笑似的，可又這麼厚道，認眞。」

又讀晉人《子夜歌》：「歡從何處來，端然有憂色。千喚不一應，有何比松柏！」張愛玲說：「『端然』兩個字眞好。他不過是一點小小的不開心，大約並不是憂國憂民，可是在她看來，也還是有一種鄭重的美。可見她是眞的愛他的，就像印度跳舞裡那女孩子得意地告訴人，她的愛人笑起來是怎樣的，生起氣來又是怎樣的。她也憂愁起來，跟在後面問長問短，可是也不至於嚴重到沒有一點取笑的意思。」

張愛玲的《孔子與孟子》，短短幾百字，登在《小天地》第四期上，講廚房的窗子外邊吊有一塊破布條子，像個小人兒，風吹雨打，他頻頻打拱作揖，彷彿有一肚子的仁義禮智王道霸道要對人說，越看越像孟子。這篇文字和別的一篇排印接錯了，我拼起來讀，覺得非常好。很深的情理，然而是家常的。

這次我在南京，到博物院去看六朝石刻，有一塊是站著的兩尊佛，上身赤膊，胖墩墩的像小孩子，下面蹲著兩隻獸，也胖墩墩的很好玩。分明是眼面前的東西，可以同時是神，是靈異。又看到乾隆朝的漆器，女人用的紅粉盒，蓋上雕著雙龍。像龍這樣大動物，用在這裡應當是不配的，可是非常配。只有平常人才能這樣地把時代的恐龍也繡作女人的鞋頭的圖案，把時代的巨人也看成可以在他頰上吻一下的孩子，把革命也看作家常的。

崔承喜來上海跳舞，那《無敵大將軍》活像我見過的官，裝腔作勢，可是觀眾不怕他，也沒有憎惡。觀眾的態度必是難得有這樣的天眞的，因爲舞的好，把觀眾提得這樣高了。《花郎》描摹一個冶遊郎，也是諷刺的，可是沒有一點刻薄，爲了青春的緣故，他的一切都被觀眾所原諒。還有是描摹一個有自卑心理的駝子，一個少女故意撩撥他，和他跳了一回舞，又跑開了，撇下他孤伶伶的，觀眾心裡難受起來，然而還笑著。張愛玲去看了回來說：「諷刺也是這麼好意的，悲劇也還能使人笑。一般的滑稽諷刺從來沒有像這樣的有同情心的，卓別林的影片算了不得的了，不過我還是討厭裡面的一種流浪人的做作，近於中國的名士派。那還是不及崔承喜的這支舞。到底是我們東方的東西最基本。」

她認眞地工作，從不佔人便宜，人也休想佔她的，要使她在稿費上頭吃虧，用怎樣高尙的話也打不動她。她的生活裡有世俗的淸潔。在香港時，路上一個癟三搶她的錢袋，奪來奪去好一會兒，還是沒給搶去。一次是在上海，癟三搶她手裡的點心，連紙包一把抓去了一半，另一半還是給她攥得緊緊地拿了回來了。對任何人，她都不會慷慨大量，或者心一軟，或者感到恐怖而退讓。現代人的道德是建基在佔便宜上，從這裡生出種種不同身分的做人風格。張愛玲沒有一點這種禁忌，她要的東西定規要，不要的定規不要，甚麼時候都是理直氣壯的。

人與人的關係應當是人的展開，而現在卻是人與人的關係淹沒了人。先要有人的發現，才能刷新人與人的關係，可以安得上所謂「個人主義」、「集團主義」的名詞。然而左派理論家只說要提倡集團主義，要描寫群眾。其實要描寫群眾，便該懂得群眾乃是平常人，他們廣大深厚，一來就走到感情的尖端並不是他們的本色。他們是在一時代的政治經濟制度裡生活著，但他們把它烹飪過了，不是吃的原料。是他們日常的生活感情使他們面對毀滅而能夠活下去。資本主義的崩潰，無年無月的世界戰爭與已在到來的無邊無際的混亂，對於平常人，這是一個大的巫魘，惘惘的，不清不楚的，而左派只是學的陳涉。陳涉使人夜於叢祠旁篝火狐鳴：「大楚興，陳涉王！」使農民驚恐，他們的文藝便是這種狐鳴。他們用俄國的神話，美國的電影故事，山東人走江湖的切口，構成他們的作品的風格。如馬克思主義者自己說的：每一種風格都是階級性的狹隘，再狹隘些，風格就更固定而爲習氣。

左派有很深的習氣，因爲他們的生活裡到處是禁忌；雖然強調農民的頑固，市民的歇斯底里與虛無，怒吼了起來，也是時代的解體，不是新生。

原載一九四五年六月上海《天地》第二十一期

談談周作人

隨手翻翻《苦竹雜記》，覺得周作人實在是大可佩服的，雖然有著一些保留。讀書如此之多，而不被書籍弄昏了頭，處世如此平實而能不超俗，亦不隨俗，眞是大有根底的人。在這凡事急促、局限，而潦草的時代，他使人感覺餘裕。可是對於那時代的遺老遺少，以其沉濺爲安詳，以其發霉爲靈感之氤氳者，他所顯示的卻是是非分明，神清氣爽的一個人。

然而懂得他的人似乎並不多。弄政治的人尊敬他的聲望，可是從來就和他談不來。革命青年，又怪他不來領導革命，說他是落伍了。而剩下一些捧他的人，也並不比政客或革命青年更能瞭解他。

政客不必談，因爲他們從來不把誰當做人去要求瞭解的。革命青年呢，我以爲倘肯虛心地想一想，周作人在他的一面實在是提供了可寶貴的貢獻。因爲革命青年之中很多人只是公式地看取政治的與社會的制度，卻不知道如何去注意這政治的與社會的制度的有血有肉，活生生的一面。周作人後期幾乎是不談政治，連社會的制度那樣的名詞都很少見他觸及。他只寫些關於平平常常的生活的文章。可是這平平常常的生活，正是政治的與社會的制度的全面滲透，使我們更切實地瞭解這時代的。

大概因爲辛亥革命以來，政治的社會的變革反覆了無數次，而人們的日常生活卻仍然停滯在原地方的緣故，才使周作人發生這樣的觀念；從日常生活革新起，從人們的生活情調與生活智識革新起，所以變成人文主義者的吧。因爲對政治的理解沒有修養，也不措意，又因爲人文主義的誡條是明事理、體忠恕，就使他漸漸地離開一切面紅耳赤的爭鬥了。正如他自己所說：「一、有話未必可說，二、說了未必有效，三、何況未必有話。」他只是想做一個平實的人。（不是平淡，也不是平凡，而是平實。）

也可以說是因爲離開一切面紅耳赤的爭鬥，他這才有觀察人生的餘裕的。然而他又絕非旁觀者。是非於他是這樣的分明，他將如何表示，而不致牽入面紅耳赤的爭鬥呢？現實的生活又確是到處充滿著面紅耳赤的爭鬥，周圍的人們都在這麼急促、局限，而潦草地過著日子，他將怎樣保持人生的餘裕呢？這就使他踱進了民俗學的園子，在那裡尋得迴旋的餘地，並且從明清人的小品文和日本人的小品文裡去找題材，提出嶄新的見解，非常恰當而深刻地用前人的事物與言語來說明現實生活，正如借用太陽的反光來照明月球，使大家可以清清楚楚地看見一樣。

可是缺點也就出在這裡，借用題材，難免被題材所限，終不如直接以當天發生的事情做題材的親切。倘說周作人與魯迅有何不同，則可以說周作人取材於明清人和日本人的小品文，而魯迅則取材於報章和雜誌。而且，人們對於這時代的變動的憤怒與喜歡，究竟淹沒了對於小事物的愛好，而從周作人的文章裡所看到的情緒上的餘裕，也只能引起悵觸而已。人是要求餘裕的，倘然過的是劇烈而迫促的生活，則要求以這劇烈而迫促的生活爲題材，而從這裡面去發現情緒上的餘裕，但周作人的文章卻是以餘裕的生活爲題材而示人以餘裕。這是青年人之所以不易和周作人的文章親近的緣故。

有人以「少年愛綺麗，壯年愛豪放，晚年愛沖淡」，來解釋青年人程度之低，而把周作人拉到老年人的那一夥裡去，一些少年而已老成的人們深以自己已能賞識「沖淡乃文章之最高境界」，做了周作人的朋友與門生爲榮，他們其實是並不認識周作人的。

末了，還有一點餘談，我覺得周作人晚年的文章，造句時或夾入之乎者也，自稱爲「不佞」，也是一個小毛病。可是學他的人似乎正喜歡這些。

原載一九四三年十月上海《人間》第一卷第四期

周作人與魯迅

和沈啓无先生談起周作人，他說：周先生在日常生活上是很莊嚴的——不是嚴肅，是莊嚴。他的生活的氣氛幾乎不是中國式的，卻是外國式的，倘拿中國的哲學來比擬，則他毋寧與道家相近，而他所提倡的儒家精神，卻其實是他所缺乏的。

又說：他的愛好明人散文，也是愛的那時代的空氣的，但不知怎的，後來又把散文弄成小品文了。

又提到我寫的兩篇文字《周作人與路易士》和《談談周作人》，他說：你說他只想做一個平實的人，是對的。你還看出他晚年的惆悵。眞的，他晚年似乎很失望，覺得中國總不能好起來。

因而慨歎說：和魯迅分離，於他的影響甚大，魯迅的死於他更是一種損失！因爲魯迅在時，究竟是他的一個敵手，也可以說是唯一的敵手，沒有了魯迅，他是要感覺更荒涼的。

以上一段話，雖然是在筵席上因爲兩人坐在一起隨便說說的，簡單得很，卻是關於周作人的極深刻的也極樸素的話。散席後歸來，我忽然想到要加以註解了。

不知道從甚麼時候起的，中國人的生活變得這樣瑣碎、凌亂、破滅。一切兇殘、無聊、貪婪、穢褻，都因爲活得厭倦，這厭倦又並不走到悲觀，卻只走到麻木，不厭世而玩世。這樣，周作人在日常生活上的莊嚴，所以要使人感覺不是中國式的了。倘若說是外國式的，那麼，還可以更恰當地說，是希臘式的。

但希臘式的明快，有如明朗的海水，其實是隨伴著風暴的力，風暴的憤怒與悲哀的。「五四」以後的周作人可是只愛其晴朗的一面，因而他的莊嚴只能與道家的哲理相結托了。道家與希臘式的人生，在崇拜自然，以自然的明快祛除枯寂、恐怖、與陰暗這一點上，是相近的。不過道教的是返於自然，好比「曲終人不見，江上數峰青」，連人都不見了，而希臘的卻是生活於自然，好比清明時節漫山遍野開著嫣山紅，男女踏青，有戀愛，有歌唱，也有鬥毆。

道家的不是海水，也沒有風暴，卻如同一泓潭水，四山清絕。它的莊嚴，不過是漣漪。因爲清絕，是會寂寞的，變成不是莊嚴，也不是嚴肅，而是嚴冷，從道家蛻變化出來的法家，就是這種沒有愛，冷得很的東西。但人是不能這樣生活的，所以道家的另一支，還蛻變爲五斗米教，與民間的習俗迷信結合，藉此使自己熱鬧。

那種嚴冷，不是周作人喜歡的，而與民間的習俗迷信結合，也與他的科學精神衝突，所以他轉到了愛好明人的散文，因爲明人的生活究竟是眞實的，人間味的。但這乃是倉卒的選擇，因爲明人生活的空氣其實是不見得好的，發掘下去，便將不堪，所以只好就文字論其散文。散文這樣子變成獨立存在，就跌入了小品文的命運。

依然是寂寞，於是抓住了儒家精神。周作人所喜愛的儒家精神，是比道家的哲理更人間味，比明人的生活空氣更壯健的東西。但儒家精神的眞實，乃是叫人相安於權力關係的既成事實，這相安，其實是心安而理不得，與周作人的哲理化的人生觀還是抵觸的。而所謂「畏天敬人」，則是嚴肅而非莊嚴，雖然也不是嚴冷。

周作人是骨子裡喜愛著希臘風的莊嚴，海水一般晴朗的一面的，因爲迴避莊嚴的另一面，風暴的力，風暴的憤怒與悲哀，所以接近了道家的嚴冷，而又爲這嚴冷所驚，走到了儒家精神的嚴肅。近來他就有一種不分明的願望，要想改造儒家的哲理，使它的嚴肅變爲莊嚴。無論如何，這將是徒勞的。

我以爲，周作人與魯迅乃是一個人的兩面。魯迅也是喜愛希臘風的明快的。因爲希臘風的明快是文藝復興時代的生活氣氛，也是五四時代的氣氛，也是俄國十月革命的生活氣氛。不過在時代的轉變期，這種明快，不是表現於海水一般的平靜，而是表現於風暴的力，風暴的憤怒與悲哀。這力，這憤怒與悲哀，正是一幅更明顯的莊嚴的圖畫。這裡照耀著魯迅的事業，而周作人的影子卻淡到不見了。

人們可以看出，兩人的文字，對於人生的觀點上，有許多地方周作人與魯迅是一致的，幾乎不能分辨，但兩人的晚年相差如此之遠，就在於周作人是尋味人間，而魯迅則是生活於人間，有著更大的人生愛。

原載一九四四年四月上海《雜誌》第十三卷第一期

周沈交惡

周作人有「破門聲明」，與沈啓无斷絕師生關係，登在《中華日報》上，聽人說了，我可沒有見，只在心裡這麼一閃；這是類似告忤逆，覺得不舒服。今天，本想寫信給啓无的，沒有寫。隨後，是看了張愛玲的《年輕的時候》，又隨後是翻翻報，在《民國日報》上卻有著兩篇關於「破門啓事」的文章也沒有說甚麼，不過表示惋惜之意。

惋惜是不必的，弄個明白倒好。而因此，我又想起了啓无。前些時他在南京，和我說起周作人：「我喜愛的是寫《澤瀉集》以前的周先生，明朗而親切。」言下很感慨似的。想了一回，又說：「周先生就是冷，不像魯迅的熱。這大概和出身有關係，魯迅是長子，從小就甚麼事都得他出面，吃的苦多，所以剛強，好鬥，他的一生和人相處，總是廝拚得難解離分。周先生呢，是弟弟，擔風險的事輪不到他，所以和平。」

也就是這樣，魯迅的是仇恨，周作人的是憎惡，魯迅認爲可愛的，周作人認爲可喜，所以魯迅慈悲，而周作人明達。一個明達的人的世界是理性的世界，而魯迅的卻是眾生有情的世界。

於是想起剛才看過的《年輕的時候》，覺得周作人好有一比，就好比《年輕的時候》的主角潘汝良。潘汝良一半獻身於醫學，一半也是醫生的器械，一概都是嶄新爍亮，一件件從皮包裡拿出來，冰涼的金屬品，小巧的，全能的。最偉大的是那架電療器，精緻的齒輪孜孜輾動，和出火星亂迸的爵士樂，輕快、明朗、健康。現代科學是這十不全的世界上唯一的無可訾議的好東西。做醫生的穿上了那件潔無纖塵的白外套，油炸花生下酒的父親，聽紹興戲的母親，庸脂俗粉的姊姊，全都無法近身了。寫《澤瀉集》以前的周作人就是這麼的輕快、明朗、健康，如同一朵白蓮花。

然而世界只有一個，不會同時有不相干的兩個世界。輕快、明朗、健康的東西不能沒有背景而存在，不能靠一件潔白無纖塵的白外套來隔離庸俗的東西的，罪惡是不能隔離的，卻可以昇華而爲聖潔，而除此之外也不能再有聖潔的東西。寫《澤瀉集》之後的周作人之所以變成「事理通達，心氣和平」者就是爲此。這時候，像醫生的器械那樣，冰冷的金屬品，小巧的全能的東西，看來都是過於叛逆性的，守不住。他所歡喜的只是花鳥蟲魚了，或者是看看雲，於是有花鳥蟲魚與《看雲集》。正如白蓮花離開水和污泥，就只好壓扁在明人散文的古裝本裡，有時用來泡茶，也可以使苦茶加色加味加香，可是這只是死了的花的精靈，終究要空氣似的消失了。

前年周作人來南京，官場宴會有兩次我和他在一起，當時心裡很替他發愁，覺得這是一種難受的諷刺。但後來知道，近年來他和老官僚們很談得來。這些都是人的塵埃，他會歡喜，似乎是不可能的，然而想起來，也只有塵埃才能證明空氣的存在，使清冷、沖淡的老人稍稍熱鬧，於是我替他悲哀。

是這麼一種心境的人，別人對他關切，他是要發怒的，因爲，他自己已經諷刺得夠了，不能再忍受任何說明。他對於規勸是發怒，對於捧場也不樂。因爲發怒，所以有《破門啓事》。

有一次，啓无抄給我看一首詩，那是一首好詩：

你將如魚在水中，
你將如鳥在晴空，
假使天堂是以地獄爲大門，
我將讚揚魚鳥的高深。

周作人是高深的，缺少的就是第三句，所以有暮年的寂寞。但曹操曰：「烈士暮年，壯心不已。」杜甫曰：「庾信平生最蕭瑟，暮年詩賦動江關。」可見青春能長在，自由能長在，才華能長在的，求之近人，有魯迅。江淹他們何以會有才盡的恐慌呢？因爲他們是天使，以自己的潔白的翅膀照見了天堂與地獄，而不屬於天堂或地獄，只是在光明與黑暗的切線上飛翔，只覺得自己是親切的。但久而久之有倦怠，慢慢地灰暗，「才盡」了。如《年輕的時候》所說：「汝良自己已經是夠傻的，爲戀愛而戀愛。難道他所愛的女人竟做下了更爲不可挽回的事麼——爲結婚而結婚？」毛病就在於不能把人去打成一片，遊了天堂，又遊地獄，卻不知道天堂是地獄的昇華，並非地獄之外有天堂，更無天堂與地獄之間的散步地段的。把人生看作散散步唱歌的人，是要忽然想到歸宿的，要想停留，只能迷失在暮色蒼茫中。

清堅決絕的理性的世界是不存在的，卻是理性的世界與感情的世界在最高處結合爲一，作成人間的智慧。周作人因爲太理性了，所以缺乏人生味。看他喝苦茶、聽雨、看雲，對花鳥蟲魚都寄予如意，似乎是很重人生味，其實因爲這人生味正是他所缺乏的。人生味不是給你去體味的，有作爲的人是相忘於人生味，有如魚之相忘於江湖。有作爲的人可以是作家，但更可貴的是他本身就是作品。

周作人喜歡明人小品，而沈啓无歡喜六朝文，這有如「絲不如竹」，但「竹不如肉」。我以爲後唐的空氣比六朝更好，就因爲六朝人是作家，而後唐人則本人就是作品。

周作人和沈啓无決裂，沒有法子，也只好讓他們決裂吧，我個人，是同情沈啓无的。

原載一九四四年十月上海《苦竹》第一期，署名江梅

周作人與路易士*

聽朋友說起，片岡鐵兵新近在一個甚麼會上提議，對於中國某老作家，有甚高地位，而只玩玩無聊小品，不與時代合拍，應予以打擊云。據說是指的周作人。原文我沒有看見，因爲身非文化人，文化界的動態對於我總彷彿是別人的事，不甚關心，而又彷彿全明白了似的，不想再有所發現，這不甚關心於是變成眞的隔膜了。所以當那位朋友這麼說了以後，我只應曰「哦！」心裡卻想：爲甚麼要這樣嚴厲呢？或許並沒有這樣嚴厲，也用不著這樣嚴厲的。又想：或許他並非指的周作人。打算去查一查，好知道一個究竟，可是還是懶下來了。

但因此我記起了周作人，去年還在朋友家裡見過一面的，並且送他到浦口上火車。看著他，當時我的心裡只有一種說不出的惆悵，正如他寫給我的一首舊作「禹跡寺前春草生，沈園遺跡欠分明，偶然拄杖橋頭望，流水斜陽太有情」的那種情味。後來在《古今》雜誌上又看到他的一篇小品，自說他的文字是有著一種淡淡的憂鬱的，可是讀他的文章的人少注意到這一節。

淡淡的憂鬱，正是北伐後到現在周作人的文章的情味。他的清淡，並非飄逸，他的平凡，並非自在，他的隨緣，並非人生的有餘，而是不足。只有這「淡淡的憂鬱」是最好的說明，並且連帶說明了那次和他在一道時我的那種惆悵。

我是更喜歡他在五四運動到北伐前夕那種談龍談虎，令人色變的文字的，後期的文字呢，彷彿秋天，雖有妍思，不掩蕭瑟。他不是與西風戰鬥的落葉，然而也是落葉，掉在明窗淨几之間，變作淡淡的憂鬱了。

然而我仍然尊敬他，因爲他有一個時期是曾經戰鬥過來的。他的晚期作品，雖然把人生收縮了，也還是言其所知，行其所信，誠誠實實的。尚有淡淡的憂鬱，這是周作人的文章始終高出於論語派。不僅在工力上，尤其在氣質上不是俞平伯林語堂之輩所能及的地方。

我也希望周作人的時代過去，可是我以爲這不是開一文壇法庭的事。

說到文壇法庭，忽然想起了路易士。也是朋友偶然之間告訴我的——因爲我自己近來對於出版界的情況總是這麼生疏，說是頗有些人不滿於路易士的詩的頹廢，個人主義，與其爲人的驕傲，在報章雜誌上已經發表過很多攻擊的文章了，而且還要更予以一次徹底的掃蕩戰似的。人家要攻擊，要掃蕩，本來不干我的事，而且所說頹廢，個人主義，驕傲之類，我想路易士也的確是的。但我以爲不必如此對付他，也不應當如此對付他，那個理由非常的簡單：倘使是以色列人，聽到耶穌對著耶路撒冷城慟哭，並且咒道：「以色列人哪，你們有禍了！」大家就會把他稱爲失敗主義者，然而，有人慟哭，偌大的耶路撒冷總算是不寂寞了。又倘使這世界是魯迅的《野草》裡所說的沙漠，則頹廢的歎息，比較看不見的四下裡空虛的笑聲，總還算是溫暖的吧。

路易士的個人主義是病態的，然而是時代的病態。

從他的詩以及從他的人所表現的，都有這種病態的氣氛，然而不是墮落，因爲他對於人生是那麼嚴肅，他的病態有時毋寧是過於把瑣碎的事物看得認眞而來的。有些人還說他是享樂主義者，這是完全不對的。至於說他頹廢呢，我以爲都還有保留。因爲，頹廢與積極，革命與反革命，有時候實在也不容易劃定界限。就文學來說，例如夏多布利安在一八〇〇年出版的《阿達拉》，勃蘭兌斯稱之爲以暴風雨的力量感動了法國的讀書界的，內容卻並非講的革命故事，而是描寫一個印第安基督教徒的女兒的戀愛與死的小說，非常之強調宗教的感情。然而它仍然可以是代行法國那一時代的偉大作品。諸如此類，形如相反，實乃相成，說來話長，姑且從略，並且所謂路易士的頹廢在與現時代的相反或相成上，是否也和夏多布利安的宗教感情可以作同樣的說明，也姑且從略。在這裡我只想提出一點——

即使是病態的個人主義者，較之啦啦隊合唱的和聲，是要眞實得多，也更可尊敬的。

至於個人或與「時代」——其實是流行的風氣不合拍，照以往歷史上有過的例子來說，那是不一定咎在個人，倒大抵是「時代」應當反省的。

路易士的詩在戰前，在戰時——戰後不知道會怎麼樣，總是中國最好的詩，是歌詠這時代的解紐與破碎的最好的詩。正如他之爲人。與路易士相處，給我的印象是不安，甚至於不愉快，然而他的一切依然是可敬的，就是最苛求的希伯來人的上帝，對於他也只看作是迷路的羔羊，還抱著深切的愛的。

這篇文章的題目就寫作《周作人與路易士》，行文上其實是不自聯結的，所聯結的只有一點，就是我以爲文壇似乎以沒有法庭爲好。

選自一九四四年一月上海中華日報社初版《文壇史料》

注：路易士乃詩人紀弦在大陸時期之筆名。

談談蘇青

蘇青的文章正如她之爲人，是世俗的，是沒有禁忌的。

蘇青是寧波人。寧波人是熱辣的，很少腐敗的氣氛，但也很少偏激到走向革命。他們只是喜愛熱鬧的、豐富的、健康的生活。許多年前我到過寧波，得到的印象是，在那裡有的是山珍海錯，貨物堆積如山，但不像上海；上海人容易給貨物的洪流淹沒，不然就變成玩世不恭者，寧波人可是有一種自信的滿足。他們毋寧是跋扈的，但因爲有底子，所以也不像新昌嵊縣荒瘠的山地的人們那樣以自己的命運爲賭博。他們大膽而沉著，對人生是肯定的。他們無論走到哪裡，在上海或在國外，一直有著一種羅曼諦克的氣氛。這種羅曼諦克的氣氛本來是中世紀式的城市，如紹興、杭州、蘇州、揚州都具有的，但寧波人是更現實的，因而他們的羅曼諦克也只是野心；是散文，不是詩的。十九世紀末葉以來的寧波人，是猶之乎早先到美洲去開闢的歐洲人。

倘若要找出寧波人的短處，則只是他們的生活缺少一種回味。與這種生活的氣氛相應，蘇青是一位有活力的散文作家，但不是詩人。

蘇青出生在一個富有之家，祖父手上有幾千畝田，但我沒有聽她說過，不知道她家是否還經商，我猜想早先是經商的，由殷商變成地主。寧波至今是浙東到上海的門戶，浙東的魚、鹽、絲、茶、皮革，和上海的洋貨對流，給了寧波的行家以興起的機會。還有帆船與輪船的公司。它們是旺盛的，熱鬧的。寧波人就有這麼一種新興的市民的氣氛。蘇青的祖父雖是舉人，也是屬於這新興的市民群的。從這環境裡長大的蘇青，是熱情的，直率的。

她的出身有底子，所以她的才氣使她冒險，那冒險也是一種正常的冒險。並且因爲她的出身的底子不是上海灘上闊人公館的小姐，所以她的人生態度比較嚴肅；也不是清末仕宦之家的小姐，所以比較明朗。她的熱情與直率，就是張愛玲給她的作品的評語：「偉大的單純。」

她的文章和周作人的有共同之點，就是平實。不過周作人的是平實而清淡，她的卻是平實而熱鬧。她的生活就是平實的，做過媳婦，養過孩子，如今是在幹著事業。她小時候是淘氣的，大了起來是活潑的，幹練之中有天眞。她的學校生活、家庭生活、社會生活，對她都有好感，因爲那是眞實的人生。她雖然時時觸犯周圍，但在她心裡並無激怒，也不自卑。她不能想像倘使這周圍的一切全部坍了下來，那時候她將怎麼辦。她不能忍受生活的空白。對於這不合理的社會，她呵斥，卻是如同一個母親對於不聽話的孩子的呵斥。同時她又有一種女兒家的天眞，頂撞了人家，仍然深信人家會原諒她，而人家也眞的原諒她。她雖然也怨苦，但總是興興頭頭地過日子。

蘇青不甘寂寞，所以總是和三朋四友在一起。可是她不喜歡和比她有更高的靈魂的人來往，因爲她沒有把自己放在被威脅的地位的習慣。她是一匹不羈之馬，但不是天空的鷹或沙漠上的獅。她怕荒涼。她怕深的大的撼動。也不喜歡和比她智識更低的人來往，因爲她從來沒有想到過要領導別人或替人類贖罪的念頭。也不喜歡和娘兒們來往，因爲不慣瑣瑣碎碎。

人們雖然瞭解她的並不多，但是願意和她做朋友，從她那裡分得一些人生的熱鬧。她也不甚瞭解別人。她只是在極現實的觀點上去看待別人，而這也正是寧波人的風度。寧波人做買賣，並不需要考察對方的心裡在想些甚麼，卻是只要交易得公道，手續弄得舒齊，便這麼地一言爲定，而除此之外，也就無須再有別的甚麼來說明人生，說明世界。所以她容易把別人當做好人。在她所生活著的世界裡，有許多好人，可是不能想像有崇高與偉大的人；也有苦人，可是她只懂得他們是在受苦，而對於他們的不幸卻不求甚解；也有可憎的人，但在她看來可憎就是可憎，一切都是這麼簡單明白的。

她喜歡說話，和她在一起只聽見她滔滔不絕地說下去，說下去。但並不嘮叨。聽她說話，往往沒有得到甚麼啓示，卻是從她那裡感染了現實生活的活力與熱意，覺得人生是可以安排的，沒有威嚇，不陰暗，也不特別明亮，就是平平實實的。

她的作風是近於自然主義的。但不那麼冷，因而也沒有由於嚴冷而來的對於人生的無情的觀照。

她會說俏皮話，但她的俏皮話沒有一句不是認眞的。她長的模樣也是同樣的結實俐落；頂眞的鼻子，鼻子是鼻子，嘴是嘴；無可批評的鵝蛋臉，俊眼修眉，有一種男孩的俊俏。無可批評，因之面部的線條雖不硬而有一種硬的感覺。倒是在看書寫字的時候，在沒有罩子的檯燈的生冷的光裡，側面暗著一半，她的美得到一種新的圓熟與完成，是那樣的幽沉的熱鬧，有如守歲燭旁天竹子的紅珠。

她的離婚，很容易使人把她看做浪漫的，其實不是。她的離婚具有幾種心理成分，一種是女孩子式的負氣，對人生負氣，不是背叛人生；另一種是成年人的明達，覺得事情非如此安排不可，她就如此安排了。她不同於娜拉的地方是，娜拉的出走是沒有選擇的，蘇青的出走卻是安詳的。所以她的離婚雖也是冒險，但是一種正常的冒險。她離開了家庭，可是非常之需要家庭。她雖然做事做得很好，可以無求於人，但是她感覺寂寞。她要事業，要朋友，也要家庭。她要求的人生是熱鬧的，著實的。

有一個體貼的，負得起經濟責任的丈夫，有幾個乾淨的聰明的兒女，再加有公婆妯娌小姑也好，只要能合得來，此外還有朋友，她可以自己動手做點心請他們吃，於料理家務之外可以寫寫文章。這就是她的單純的想法。

有時候看她是膽怯的，她怕吃苦，怕危險，怕一切渺渺茫茫的東西，以命運爲賭博那樣的事，她是連想都不敢想。因爲她是生活於一個時代的。只有生活於一切時代之中的人才敢以命運爲一擲，做出人家看來是賭博的行徑，而仍然不是渺渺茫茫的。在一個時代裡看來是否定的東西，在一切時代之中卻有它的肯定。

但蘇青究竟是健康的，充實的，因爲她是世俗的。她沒有禁忌。去年冬天沈啓无南來，對我讚揚蘇青的《結婚十年》，就說她的好處是熱情，寫作時能夠忘掉自己，彷彿寫第三者的事似地沒有禁忌。我完全同意他的這讚揚。蘇青的文章，不但在內容上，而且在形式上都不受傳統的束縛，沒有一點做作。她的心地是乾淨的。

承她送了我一本新出版的《浣錦集》，裡邊的文章我大體讀了，覺得是五四以來寫婦女生活最好也最完整的散文，那麼理性的，而又那麼眞實的。她的文章少有警句，但全篇都是充實的。她的文章也不是哪一篇特別好，而是所有她的文章合起來作成了她的整個風格。我這麼地寫了一點關於她之爲人，或者有益於讀者的瞭解她的文章，不知道蘇青本人以爲怎樣？

原載一九四四年八月上海《小天地》創刊號

路易士

我和路易士相識，已有六年之久。打仗的第二年，一天，路易士從雲南而來，在杜衡處見面了，是一位又高又瘦的青年，貧血的，露出青筋的臉，一望而知是神經質的。他那高傲，他那不必要的緊張、多疑、不安與頑強的自信，使我和他鄰居半年而不能丟開矜持。他很少和我談起文藝，因爲他認爲我不懂。我問杜衡他的詩怎樣，杜衡說：「朋友之中，他是有詩的天才的。」並且找了幾首給我看，我也認爲好。但我以爲他的詩的境界似乎太急促、太局限了些。杜衡也同意，惋惜於他讀書太少，生活的經驗也太少。這批評的是事實，但事後想想，卻覺得還不夠瞭解他。

路易士的讀書少，並非懶惰可以解釋，而是因爲他是一個弱者，不能忍受從儕輩中看出自己的貧乏，甚至於不能忍受這世界上還有比他強的。這妨礙他寫戲劇、小說與論文，但幸而還不妨礙他寫詩。

他的詩，沒有繼承前人的好處，但也沒有繼承前人的壞處。他的詩有他的獨創的風格。因爲他的生活經驗缺乏，所以常常錯誤，並且狹隘。但錯誤有時候也會成爲藝術，如貝多芬爲讚美拿破崙而作的交響曲，且對於拿破崙的觀察是錯誤了。但貝多芬不必爲此而愧悔，雖然拿破崙不過是幻象，那交響曲卻是眞實地存在著的。

讚美的反面是攻擊，吉訶德先生之攻擊風車，與貝多芬之讚美拿破崙，同樣錯誤，但也同樣有其嚴肅的一面。這裡，存在著智慧與知識的區別。幾千年來，人們到聖地朝山進香，其實崇拜的乃是人們自己心中的神，歌頌一個平凡的女人，其實歌頌的乃是人們自己心中的美與聖潔，正如貝多芬所讚美的，其實乃是他自己心中的英雄。幾千年來，人們爲了極瑣碎的事情而決鬥，而自殺，這和吉訶德先生之把風車當作巨人，可以說是同樣的不足道，但也同樣是眞實的。

路易士，你和他談理論，只能聽到慷慨激昂，卻往往不知所云。他談文藝理論，有時候也談政治，但都很少研究，也不想研究，只是在世界上，有他所反對或贊成的東西，如此而已。他也不想接受別人的糾正，或克服別人，他只是想抓住一樣東西來支持自己，有人同情，他就滿足了。要瞭解他何以反對這，贊成那，是相當困難的，因爲他採取的是另一種標準，他有他的另一種出發點。那標準，是與一切理論無涉的。所有正義的與非正義的觀念，責任或道德，理論或事實，他全不管。只是他認爲對，他覺得有贊成或反對的需要，他就這麼地肯定了。但也並不固執到底，他倘然改變原來的主張，往往不是因爲何種經過深思熟慮的理由，而且並不後悔。

這種派頭，說他淺薄，是太簡單的解釋。說他是虛無主義者，也不是。像路易士那樣的人，生在當今世界上，孤獨、受難，諸般的不宜。社會不理會他，不對他負一點責任，沒有注意到他的存在。所以，要他對社會負責任，也是不可想像的。如同一隻在曠野裡的狼，天地之大，只有他自己的呼吸使他感覺溫暖。孤獨使他悲涼，也使他意識到自己的偉大，不是他存在世界上，而是世界爲他而存在。

他很少幫助朋友，也很少想到要幫助朋友。他連孩子都不喜歡。隨著社會的責任與他無關，配合於社會的生活技術在他也成爲隔膜的東西。他的很少注意理論與事實，除寫詩外沒有學到甚麼東西，只是因爲他驚嚇於自己的影子。他的狹隘是無法挽救的。他分明是時代的碎片，但他竭力要使自己完整，這就只有蔑視一切。

爲了證明自己的存在，他需要發出聲音，就是只給自己聽聽也好。聽他談論，你會感覺他是在發洩自己，主要還是說給自己聽的。雖然似乎淡薄，然而是從他的靈魂的最深處發出來的生命的顫動，是熱鬧的，但仍然是荒涼的。

可是他和綏惠略夫不同。如魯迅所說，綏惠略夫「先是爲社會做事，社會倒迫害他，甚至於要殺害他，他於是一變而爲向社會復仇了，一切是仇讎，一切都破壞。」但路易士沒有替社會做過事，對社會沒有過愛，因而也沒有憎，他只是執著於自己的存在，沒有形成虛無主義者。綏惠略夫是革命的失敗者，但革命的風暴仍在震盪，所以他的調子是強烈的，憤怒而不頹廢，絕望而非玩世不恭。倘在革命的風潮消歇之後，則失敗者的情緒就成爲山寧那樣的蔑視一切了。山寧的蔑視一切，是比綏惠略夫的毀滅一切更虛無可怕的。但路易士也不同於山寧，路易士有山寧所沒有的恐懼與不安。那是因爲，山寧是緊接在革命失敗之後的人物典型，在那期間，甚麼理想都沒有，人們彷彿在潮汐退落後的沙灘上行走，四圍是空曠的，自己的影子是明晰的，創痛之餘，簡直還有一種得到解脫似的喜悅，對自己特別珍惜起來，而身外的一切都成爲不足道。這種心境是不長久的。

這之後，山寧那樣的人物就要成爲過去，出現的乃是路易士那樣的人物了。當北伐時期的革命已經從記憶中漸漸淡忘，而新的時代啓示還沒有顯明，社會是在經常的破落中，這之際，游離出來的就有路易士那樣的人物，不止他一個，而是一群。他們沒有嚴重的失敗情緒，也沒有魅人的時代前景供他們追求。他們只是分散地對自己的被迫害而反抗，不是聯隊的戰鬥，也沒有號筒，各人只能信託自己；集體的戰略與戰術不需要，也不關心；看不見自己的同伴，也看不見敵人的全體。他們各個地戰敗，死亡，然而不能引起一個聯隊的覆滅的那樣嚴重的失敗情緒，偶爾也有小勝利，然而這種小勝利往往很快就消失。

路易士都是這樣，他在反抗，所以他的詩不同於吟風弄月那一套。然而他的反抗只是散兵戰，所以他的詩也不能成爲時代的號筒。有如散兵戰之於集體的戰略與戰術是隔膜的，因此他沒有學習較爲廣大、較爲深入的理論體系的要求，也沒有全面地考察環境的要求。

他讀書甚少，對事實不求甚解，卻並不因此感覺自己的貧乏，倒是這樣反而可以保持自己的完整者，原因在此。他沒有攻打到敵人的要害，甚至不能發見敵人的要害所在。身在戰場，而如此孤單，所以他總是恐懼，懷疑全世界都在迫害他，而抓住任何一點，就用全副力量來攻打它，有如吉訶德先生之攻打風車。並且因爲恐懼，他需要時時壯自己的膽，極力裝做驕傲，非常之注意自己的尊嚴。如有些人所嘲笑他的，他把他所僅有的手杖與煙斗當做無敵的武器，其實卻不過等於吉訶德先生的不中用的長矛。而且也如吉訶德先生，總是戰敗的回數多，但也非完全沒有勝利。是這種不足道的勝敗，由此而生的失意與歡樂，憤怒與寬大，幻境與夢想，構成了他的詩的全部。

雖然如此，因爲他究竟是在戰鬥，而他的詩也能準確地表現這種戰鬥，所以還是好詩。這種戰鬥雖然不足道，可是這時代正是千千萬萬小市民和路易士同一命運，走著同樣的道路，不過有的比較聰明些，因此也更缺少智慧些罷了。

這麼一種不足道的戰鬥，勝敗都不能驚人，而歸根還是各個地被擊倒，像蒼蠅一般靜靜地死掉，沒有同伴的鼓勵，甚至沒有牧師給他們做臨終的祈禱，他的墳墓上沒有花圈，也沒有十字架。這看來不像是悲劇的悲劇，乃是這時代最大的悲劇。路易士的詩，好處就在於刻劃出了這一群人的靈魂，它使人不愉快，然而並非可笑的。

我在好幾處把路易士比擬吉訶德先生，一定很合有些人的胃口，但我請求他們明白，吉訶德先生那樣的人物，起初是使觀眾發笑，漸漸的卻覺得不愉快，看完之後錯散，各人的心裡還有一種不能排遣的憂鬱，為吉訶德先生而哀傷，也為自己而哀傷了。路易士是有吉訶德先生的可笑之處的，幸而他不是市儈，所以也有吉訶德先生的嚴肅之處。

路易士的自稱為詩人，也和吉訶德先生的自稱為武士一樣，很受了一些人的嘲笑的。自稱為詩人，與自稱為文豪、大師、革命的戰士，固然同樣有礙眼的地方——但路易士還是幸而不是市儈，並非拿這來做招牌，另有所鬥。他沒有一般人所有的主義，沒有宗教，也沒有任何生意經，乃至於在人間他沒有得到一絲溫情。這樣的人，他的存在，他的理想，簡直找不到一個字眼來下一個定義。然而人是不能這樣生活的，即使不過如基茨自擬的墓誌銘所說，是「一個把他的名字寫在水上」的人吧，他還是要替自己找出生存的資格，工作的意義的。路易士的自稱為詩人，和有些人的自稱為文豪、大師、革命的戰士，不同的地方在此。

當然，他也有做作的地方，可是做作得很幼稚，甚至於有些地方使人聯想起阿Q式的狡獪。但阿Q的狡獪還是可愛的。因爲老實人裝狡獪，不過使人笑，而狡獪者裝老實，即使人憎，使人恐怖。路易士是善良的，無害的，有時候雖然出點小亂子，也不過如吉訶德先生之搗亂了羊群。但因爲太善良了，甚至對於敵人都是無害的，這是路易士所代表的那一群人的悲哀，他們在這時代註定了只能做這樣的角色，他們也戰鬥，可是往往勝敗都不分曉，就這麼地被抹掉了。

路易士的詩，集成冊子出版的，有《愛雲的奇人》、《煩哀的日子》，與《不朽的肖像》三種，氣氛有點像李賀與孟郊，卻分明是現代的產物。

最近我看到他發表的一首小詩《魚》，還有《向文學告別》的原稿，都是很好的。我認爲，一九二五至二七年中國革命，是中國文學的分水嶺，在詩的方面，革命前夕有郭沫若的《女神》做代表，革命失敗後的代表作品，則是路易士的。《女神》轟動一時，而路易士的詩不能，只是因爲一個在飛揚的時代，另一個卻在停滯的，破碎的時代。

選自一九四四年一月上海中華日報社初版《文壇史料》

壽顏文樑先生

從朋友處知道，七月二十日是顏文樑先生的五十壽辰，我以這篇文章對顏先生致敬！

前些時在蘇州，遊滄浪亭，眺見近旁一座白石柱廊建築，有一種希臘風的明快，當時我很驚奇，只聽說裡邊近來被一個甚麼團體住著，也就沒有再問。後來和朋友談起，才知道原來是蘇州美術專科學校的校舍，戰時學校搬到上海，校舍便流落在那裡，剩有斜陽流水話當年了。

這所學校便是顏先生創辦的。據朋友告訴我，校舍的設計建築，連一幅壁面，一枚釘子，都經過顏先生的細心安排。那裡邊陳列的石膏像，收集之廣，在中國爲第一。有些壁畫是特地從羅馬與巴黎臨摹來的。這些，都是顏先生以蜜蜂那樣的勤勞與虔誠，積數十年的心血的結晶。

向來我對於繪畫家少接觸，但劉海粟徐悲鴻這一流人的名字卻到處可以看見、聽到。也有時看看他們的畫。我覺得繪畫界之有劉海粟徐悲鴻，猶之乎戲劇界之有梅蘭芳，學術界之有胡秋原、葉青，文化界之有七君子，似乎終不是這麼一回事。魯迅的譏笑，人們是認爲刻薄的，但我愛他的嚴肅。中國繪畫界的出息，絕不出於沿門畫馬的京派或中西畫拼湊成洋涇浜的海派。中國卻是需要著好好地介紹西方的藝術作品，並且刻苦學習。西方的現代藝術，導源於文藝復興期希臘藝術的再生與繼續成長，以中國人的現代生活意識的落後，對於距離、角度、光線，與色彩的感覺與觀念的不準確，要學習西方藝術，當然不比走江湖容易，於是許多人逃走了，畫畫中國山水，加上西洋顏料，用水門汀建造宮殿式的房子，與科學靈乩一樣，成了流行的風尙。這是我何以看了蘇州美專的希臘風的校舍建築，所以特別珍惜，特別感動的緣故。

此後我有機會便看看顏先生的畫，驚歎於他的歐遊小品（共三十幅）的寫實工力，與其情調的明快，引起我眺望蘇州專校舍時的同樣感動。我不信沒有寫實工力的作品會有甚麼靈感，我看過一般蔑視寫實工力的天才們所表現的靈感，其實是淺薄的說理與玩弄新奇，這不能是藝術。這些人在顏先生之前不過是浮沫而已。顏先生所表現的明快的情調，在我是看作這時代最可寶貴的東西。只有摯愛人生、感覺人生的充實者，才能有此明快的情調。明快，是人生向上情緒的基調。能夠明快，則沉鬱而不至於滯悶，悲壯而不至於慘澹，平靜而不至於死寂，閒逸而不至於無聊，浪漫而不至於玩世不恭。

和顏先生，我曾相見過二次。二次都沒談及政治，也沒有談及藝術或繪畫，而只是談些瑣事。他喜歡搜集各種舊時式樣的鐘錶，喜歡坐茶樓，有一時期也常常到跳舞廳去，喜歡旅行。他是人間味的，他摯愛人生的一切，而以極素樸的態度去愛悅一切。當他以極素樸極平凡的言語談到舊時式樣的鐘錶的可愛之處，我不禁感覺到年來我對於世俗的厭倦，我的生命力的漸就枯萎，在顏先生的面前暗自慚愧起來。和顏先生相對，你可以看出他不是一個英雄，一個超人，或者有古怪脾氣的長髮藝術家，你沒有感覺一點不安，一點威脅，他只是一個普通的人，一個爲你所能瞭解的可以親近的人。但這正是顏先生的偉大。（註：記得當時我曾問他何以喜歡收集舊鐘錶，他說只是因爲舊鐘錶的式樣多，並無古董癖在內。）

一個學術家比一打變馬戲的人更可貴，也比一打政客更可貴，中國現在文化遭了劫運，留有一枝勁草尚且是值得珍惜的，何況一枝大樹！敬祝顏先生健康！

選自一九四二年上海國民新聞圖書印刷公司初版《爭取解放》

讀了《紅樓夢》

看《紅樓夢》是很久以前的事了，近來忽又翻了一遍，覺得有些話說，就寫在下面。

我喜愛賈府的生活氣氛，那眞是華麗的。小時候聽人提到富貴之家我總有一種好感，往往不願意聽人說下去，因爲怕說得不好反而破壞了我的想像。在我的想像中，富貴之家不是一首詩，而是一闋詞。詩是記載歲序的，而詞則只是「夏始春餘」的。詩說的是要求美好的生活，它是戰鬥的，而詞則是戰鬥之後，清平世界蕩蕩乾坤的產物，一切安穩而富庶，人的感情不用於戰鬥，而用於潤澤日常生活，使之柔和，使之有光輝。所以詞比詩是更現實的。詩是感情的昇華，而詞則是現實生活的昇華。詞比詩更和諧，不僅因爲它有和諧的音律，更因爲它的內容是現實生活與人的感情的和諧。

在那種時代，富貴之家眞是可艷羨的。所謂「侯門如海」絕非如今上海人說的

「闊」，而是言其深。它是深情的，並且是洋溢的。

二十幾歲的時候我在杭州一個中學裡教書，那校舍原是舊式的建築，有亭台樓閣，我住的一間是後廳上的廂房，有時躺在床上看看整潔的屋椽和窗子上的雕飾，想像著若干年前這府第裡人們的生活，該是多麼平和，閒靜而充實。淡淡的陽光斜照在牆上，樓下課堂裡學生在上課，一切都夢幻似的。

那年夏天去訪問一個親戚，他家正是有錢的做官人家，看見他家的一位少爺躺在藤椅上，樣子很無聊，不知怎的在我心裡起了一種難言的惆悵。後來看看外國小說，寫到貴族的生活，都是那樣頹敗、妖淫、苦惱、局促，久而久之我的那種惆悵也就消失，我不再豔羨，只有諷刺了。再後來自己也做了幾年官，新看到的往往愈富有愈猥瑣，是塞滿不是充實，有奢侈而無餘裕，有沉湎而無放恣，有嗜好與脾氣而沒有感情。倘使其中有志氣的人，想生活過得明朗，也只能是詩的而不是詞的。

經過這樣的滄桑之後，偶然再翻翻《紅樓夢》，讀到賈府的生活氣氛，眞是頗有感慨的。也因此想到，賈府的華麗是存在於清朝的全盛時代，而在如今，則富貴之家乃是畸形時代中的畸形者，要生活得和諧是怎麼都辦不到的。倘使賈府的時代移前到明末，那也只能如《金瓶梅》裡的西門慶家，以荒淫爲韻事，雖然場面要大些。

承平時代的人不但厚道，而且聰明（不是機巧）。賈母是仁慈，寬大的，爲難的時候她還有過人的治家本領。她是福人，卻不是癡人癡福。賈政是典型的循吏，有點迂，但比之曾國藩的家訓可是沒有那種做作。就是壞人，像賈赦、賈芸、賈環，乃至於趙姨娘等人，也不比今人的壞，壞得刁鑽古怪。這些人的能力大都是低下的。太平時勢是笨人壞，而亂世則往往是有能力的人更壞。笨人的壞至少不是悽厲的。就如趙姨娘著馬道婆詛咒寶玉與鳳姐，也只使人氣惱，覺得她可笑。鳳姐是有才情的，她的壞使人吃驚、惋惜，但不使人恐怖。

賈府上的台柱人物是鄭重的，內裡寶玉和姊妹們丫頭們也不輕狂。大觀園裡的年輕女人個個有她的美，因爲她們的靈魂很少受到傷害，所以長也長得好看。受難的如林黛玉，她的悲哀是明淨的，病態也不過病態到纏綿悱惻，不是歇斯底里。

這些人之中，我覷得晴雯與鴛鴦最好。晴雯像林黛玉，兩人都是深情的，但晴雯有林黛玉所沒有的潑剌。林黛玉生來就是個失敗者，晴雯可是不會失敗。襲人和寶釵都沒有得到寶玉，黛玉也沒有得到，得到寶玉的是晴雯。黛玉的死是對寶玉的愛的結束，而晴雯的死則是對寶玉的愛的完成。晴雯的一生是熱鬧的。

黛玉是弱者，所以多心。她對寶玉的懷疑幾乎是可厭的，但那是因爲賈母鳳姐寶釵一干人待她的情分，使她感覺自己是受了委屈，她不便說，寶玉理該懂得。然而寶玉不懂得，他只是敬重黛玉。敬重有甚麼用呢？她要的是寶玉保護她，像一個男子保護一個女人。於是她生氣，覺得寶玉不瞭解她。她直覺地感到和寶玉結合的希望靠不住，就在頭裡賈母她們待她很好的時候也一直心裡不安著。對於人生，她和寶玉都缺少一種跋扈，不能取得。她可以原諒自己，但不能原諒寶玉，寶玉究竟是男子漢，應當比她強的。而在原諒自己的時候，她哭了。在想到將來的時候，越想越疑心，她又哭了。她恨寶玉。

尤三姐是個人物，幾乎是現代化的。她愛柳湘蓮，柳湘蓮卻來向她索還聘禮，一口祖傳的劍，於是她就拿那口劍自殺了。柳湘蓮是不值得尤三姐愛的一個人。他的名字就使我不喜歡，想像他的時候，我總覺得是看見了迎神賽會，扮台閣的那男童，頭戴書生帽，身穿一件綠袍，腰索鸞帶，腳登粉底靴，背上插一把寶劍，可是沒有威嚴，沒有內容，總之不是眞的。男人不大喜歡這些，女人可是很感覺興趣。她們對於人扮的、紙紮的，或是帛製的人形都有一種愛好。尤三姐的喜歡柳湘蓮也就是這樣。尤三姐有晴雯的潑刺，但不像晴雯的深入人生。人生是一篇小說，往往寫到後來自成格局，作者被故事自身的展開吸引了去，而得到滿足。原來的安排，在開頭寫了幾行之後就逐漸被放棄，因爲，寫小說是創造，不是安排。倘使固執原來的安排，是會開了一個頭就寫不下去，不能終篇的。尤三姐的自殺只使人恍然若失，覺得她的一生剛開頭就沒有了。她沒有留給人們一些甚麼。

大觀園裡的人，黛玉、寶釵、鳳姐、晴雯、襲人她們單舉出一人都只能代表大觀園的生活氣象的一部分，只有鴛鴦，從她身上使人感覺出大觀園的生活氣象的全部。她有黛玉、晴雯的深情，卻沒有黛玉的纏綿悱惻，晴雯的盛氣凌人。有鳳姐的幹練，沒有鳳姐的辣手；和鳳姐一般的明快，但她更蘊藉。她和襲人一般地服侍人，但她比襲人華貴。她是丫頭，看來卻不像丫頭，自然也不是小姐、奶奶、夫人，但她是她們全體。在她身上幾乎還可以找出妙玉的成分，但妙玉是潔癖，她的是潔淨。諸人之中，沒有一個比得上她的艷，一種很淳很淳的華美。從她身上找不出一點點病態。

她愛悅一切可以愛悅的，但沒有戀人。偉大的戀是起於現實的不足，要求人生有新的創造，所以總是叛逆性的。鴛鴦可是大觀園全盛時代和諧的象徵，所以她有愛無戀。

因爲沒有戀，她說她自己是一個最最無情的人，其實她是情高意眞的。纏綿悱惻，煙視媚行，乃至爭風吃醋，打情罵俏，虐待狂與被虐待狂，是愛的曲曲表現，但愛仍自有其本質，應當可以不假借這些而另有更正常的表現的。不過在病態的時代，人們是只能在病態的表現中去濾取愛的分量的。只在正常的時代才有鴛鴦那樣的人，她的愛的表現如此素樸，如此富麗。

愛是人生的和諧，戀是人生的帶有背叛性的創造，所以在拂逆的環境中愛與戀不可分，如同今人之把「戀愛」說成一個字。大觀園的生活氣氛可是繁榮而安穩，不但鴛鴦有愛無戀，此外諸人除了黛玉與晴雯、小紅都是有愛無戀的，連寶釵都並不例外。在見慣了腐敗的闊人公館的現代人看來，大觀園裡自夫人以下奶奶小姐丫頭們的乾淨是可疑的。而其實只是可驚，並不可疑。大觀園的和諧環境裡只有黛玉、晴雯、小紅是委屈的。黛玉從小沒了雙親，有人關念她而無人替她作主。晴雯則才情與其身分不相稱，她就使安分也只能做到襲人的地位，不能做到鴛鴦的地位。所以她不安分。小紅則連襲人的地位都不能想，雖然她的才情在晴雯之下，或者還在襲人之上。因爲她們不能順利地愛，所以有戀。

寶玉的環境是和諧的，也是有愛無戀。但黛玉與晴雯和他的關係撼動了他的安穩。他的生活的平衡因此發生搖擺，可是不到破裂的程度。所以他對待黛玉晴雯和別的姊妹丫頭們的情分雖然深淺不同，卻是同一性質。但生活平衡的這種搖擺究竟影響了他，使他不能如鴛鴦的正常。人生對於鴛鴦是富有的，而對於寶玉則隱約見得不足。所以他有鴛鴦所沒有的煩惱。只是他在煩惱時生起的一點微弱的叛逆性隨時隨地很快融解於全體環境的和諧中，所以他誰都不能得到，黛玉不必說，即如晴雯，他是被晴雯得到了，但他也沒有得到晴雯。

晴雯的死使寶玉傷悼，但亦止於傷悼，沒有打翻了他。他還是可以和別的姊妹們丫頭們玩下去，日子過得好好的。黛玉的死對於他原也和晴雯的死相差無幾，所以使他斷然出家者，主要的倒是因爲姊妹們死的死了，出嫁的出嫁了，丫頭們遣散的遣散了，賈府抄了家，大觀園給鎖了起來，舊時環境的和諧驟然消失，他的生活平衡也破裂了，於是他被逼叛逆過去的一切，出走了，而出走也只能是去做和尚。

對於現代人，寶玉是只能做十幾歲的女孩子的初戀對象，或者做二十幾歲的少奶奶三十以上的太太的情人的。他不能做一個堅強地要求生活的女子的愛人。

「一床席，一枝花」眞是襲人的身分、才情，以及她和寶玉的關係的極好說明。可以想像她長得好看，她的美是一種匀整的，使人感覺現實的親切而沒有深度的美。她是生來服侍人的，諸事體貼，盡心盡意。她並不剛強，然而有一種近於愚蠢的自信心。她是註定了不能影響別人的，然而凡事一直有她自己的主意。她有愛有戀，而她的愛很窄狹，她的戀也過於正經——正經、用心，而不夠認眞。她使人喜歡她，而不能使人愛她。她生在這世界上不至於甚麼都得不到，可是只有別人需要她，她不能需要別人。她所獲得的東西倘若失去，也容易得回來，或另找一件來塡補。她的再嫁，傷心了一陣，而在哭哭啼啼時也還是很聽話很安分的。

原載一九四四年六月上海《天地》第九期

談論《金瓶梅》

又是陰雨天！和啓无站在階沿，巷裡有鼓吹，使我想起小時候村子裡人家結婚的日子，也是這麼的陰雨天，泥濘的石子路上有嫣紅的炮竹紙，在潮濕的空氣裡傍午的炊煙是柔和明淨的。因爲是陰雨天，結婚人家的喜氣也是清揚的，像孩子在水裡沐浴，更可親可念了。現在院子外面的人家也有這麼的炊煙，我心裡頓時響亮起來。枝頭高高處有喜雀叫噪，我並且知道天也快晴。印度有三世諸佛，人果然不僅是生活於現在，同時也生活於過去與將來的，所以熱鬧。

和啓无談到《金瓶梅》，我說：「無事我又看了一遍《金瓶梅》，覺得寫的欠好，讀了只有壅塞的憂傷，沒有啓發。」於是啓无說了些明朝萬曆天啓年間的事。《金瓶梅》裡的人物，正如陰雨天換下沒有洗的綢緞衣裳，有濃濃的人體的氣味，然而人已經不在這兒了，也有熠熠的光輝，捏一捏還是柔滑的，可是齷齪，如張愛玲在《談跳舞》裡說的：「齷齪永遠是由於閉塞，由於局部的死」。是這樣的爛熟，所以全是婦人，再嫁三嫁，像孟玉樓，嫁西門慶時已經三十歲。連荒淫也有不同，有的是尋求刺激，像西門慶那樣卻只是單純的沉湎。就是變態心理吧，都還有叛逆的意味，他可是連這都沒有，一切都平平實實的，家常便飯的荒淫，他喜歡的是婦人，不是少女。

《金瓶梅》的作者對於故事只有取，沒有給。讓故事自己去完成本也說得通，但人生的完成仍有比故事的完成更廣大的，作者的不足處就在於他描寫書中的人物，而不能超過書中的人物。但凡作者，都是描寫自己的，從外界的人物裡描寫自己，也使讀者從這裡發見自己，讀了《金瓶梅》，可是不能有這樣的發見。聽說《金瓶梅》的作者在一豪富人家坐過館，大概是和西門慶家的溫秀才那樣的寫寫禮帖，陪伴主人和賓客說說話兒，對於西門慶家的生活空氣很深入，但他到底只是個不相干的人，輪不到他羨慕，也輪不到他憐憫。正如溫秀才在西門慶家是無足重輕的，作者在《金瓶梅》裡也不能發見自己。他不能賦予故事以人生的完成，只能寫出故事自身的完成。

好的作品必不是代表一個時代的。廢名說溫庭筠的詞描寫事物而能解脫事物，得大自在。藝術正該是這樣的。就是描寫時代吧，也要能解脫時代。這才是無限制的，有他的永生。不但如此，藝術還得丟開理論，因爲一切理論都是結論，而藝術永遠是啓發，人生也本來永遠是開始。但也只能在描寫事物中求解脫事物，在描寫時代中求解脫時代。廢名後來學佛，我很不贊成，因爲這變做於無事物處求解脫，只有惆悵，不能有大自在的。而一般寫實派作家，又以爲寫實就是一切，加上思想就是走在時代前頭。走在一個時代的前頭是很快就會落在第二個時代的後頭的，要不落後，還得他是活在一切時代之中。《金瓶梅》我就嫌它太過代表一個時代。

但《金瓶梅》仍舊有它的不可及處，中國至今還沒有把文字與言語結合得像《金瓶梅》這樣好，這樣活生生的。人物出處也寫得切切實實，沒有一點傳奇化。西門慶那麼荒唐，對李瓶兒還是有眞的愛，但也不因此影響他的荒唐。潘金蓮與春梅都是尖刻到不能再尖刻的，她們相互間卻也有眞情眞義。孟玉樓溫溫柔柔地再嫁西門慶，西門慶死後又溫溫柔柔地三嫁李衙內，沒有一點感情上的損傷。她三嫁李衙內時已三十七歲，還是當初再嫁西門慶時三十歲的孟玉樓「行走處暗香細生，坐下時淹然百媚」，沒有想到要責備她。落後春梅做了周守備的夫人，依她的爲人很可以報復月娘的，但她還是敬重月娘，來往走動，過去的主奴關係不論是恨毒也吧，恨毒也有可懷念的，事過境遷，倒是變成了親切的，人生往往如此。頂委委屈屈的是李瓶兒，她是西門慶家唯一可以獻給神的犧牲，而她也已饒恕了西門慶一家了。

全書幾乎沒有一處寫得不好，氣魄也大，然而仍舊像少了一些甚麼似的，永遠失落了，又彷彿從來就沒有過，使人的心只是往下沉，得不到安慰。最好的藝術作品一定能給人安慰的，使人的心有處著落。無論是善良的罪惡的人物吧，作者都有個發放，而《金瓶梅》裡的人物可是沒有個發放。故事已經完結了，完結得毫無遺恨，然而作者與讀者的感情仍舊沒個著落，只是壅塞的憂傷，解脫不了。

原載一九四四年十一月上海《苦竹》第二期，署名江崎進

《曹涵美畫〈金瓶梅〉》序

關於《金瓶梅》，我沒有作過考證，而且看過多年了，只記得是明朝人的作品。明朝人的作品除了《金瓶梅》這一部小說之外，前幾年風行的還有張岱的《陶庵夢憶》與袁中郎的散文之類。袁中郎的散文我只偶然看過幾則，至今已經沒有印象：說到《陶庵夢憶》，我卻是和《金瓶梅》同樣喜歡過的。論氣韻，《陶庵夢憶》可以說是較《金瓶梅》要高尚些吧！但也有著共同點，即兩書都是人間味的，而我的喜歡也在此。不過我對《陶庵夢憶》較之《金瓶梅》更親切，這大概是因爲張岱的沾沾自喜的情調，有留戀而缺乏追求的勇氣的情調，正是我以及和我同等人的缺點的緣故。至於《金瓶梅》，當時我是帶著理智去看過一遍的，事實也是，對於西門慶這樣的豪紳的生活，於我是只能研究多於體驗的。而這也大概就是周作人、俞平伯等讚賞《陶庵夢憶》而少提《金瓶梅》的緣故吧。可是像張岱那樣對生活只有留戀而無追求的勇氣的結果，勢必至於連留戀的情調都益趨於沖淡，所以結局周作人、俞平伯等還更喜歡袁中郎的散文。可是我，卻還沒有到這種程度，因而也就沒有把袁中郎的散文再看下去了。

《金瓶梅》在追求生活的意味上，似乎較《陶庵夢憶》要熱情些，然而兩者都被時代的沒落的憂鬱所籠罩著，雖然這憂鬱在《陶庵夢憶》裡是被清妙的筆調所沖淡，而在《金瓶梅》裡則被無厭的肉的追求所淹沒了。但仍然是，淡淡的哀愁，無出息的生之苦難呀！

如今的時勢，一種沒落的氣氛正威脅著中華民族，有夢可憶的，許多人都回到張岱的路上去了，有錢的都回到西門慶的路上去了，既無錢，又無夢可憶的，都回到袁中郎的路上去了。但是我相信，在這些之外，中華民族，應當還有人在。讓他們看看《陶庵夢憶》，袁中郎的散文，和《金瓶梅》，卻是可以得到一種有益的瞭解的吧。而《金瓶梅》這一類書的價值，也就在此。尤其是《金瓶梅》，不失爲一座沒落的時代的紀念碑，迥非同時代的其他作品所可比擬的。

曹涵美先生的《金瓶梅連環畫》，是經過黃敬齋先生的介紹，我考慮了一番之後，才同意其在《國民新聞》發表的，現在已出版第一集單行本，出版第二集的時候，曹先生要我寫一篇題詞之類的東西，這我是很願意的。這裡我要寫的，也只是當時我所考慮過的幾點意見。我以爲，《金瓶梅》自身是有它的價值的，至於連環圖，記得是周作人還是魯迅先生的文章裡曾經論到過，總之我也認爲是有意義的工作。在外國的小說上，如《毀滅》之類是有插畫的，我覺得很好。倘若把這一類圖畫出成單行本，似乎在甚麼地方我也曾經見過，那當然也是很好的。將來倘若重版《金瓶梅》，把曹先生的畫插進去，這應當是很有意味的吧。此外，我還有一種想法。我以爲時代的沒落不可怕，可怕的是對沒落都喪失了感覺，已由沒落而至於萎縮。而現在的情形也正有點像這樣子。兵亂之餘，一切都破壞，一切都喪失了自信，倘若還有人在那裡認眞工作，中華民族的再生也只有寄托在這些人的身上，他們愛生活，愛工作。曹先生的畫，是他幾年來的一貫的治學精神，一貫的工作精神的表現，這一點，就很値得佩服的。我見到曹先生的畫，是在《國民新聞》發表之後。我是不懂畫的，但我覺得曹先生的畫很費工夫，很認眞。我相信，有《金瓶梅》存在，就有曹先生的畫存在，而曹先生的畫之同時可以單獨存在，則是曹先生的畫之藝術的成就，迥非舊時的繡像或惡俗的連環圖可比的緣故。

幾年來因爲從政，把甚麼都荒疏了，我怕甚至於已經迷失了自己。關於藝術的文章，我尤其不敢寫。因爲曹先生而寫的這篇東西，是要向曹先生請教的。

原載一九四二年二月上海國民新聞圖書印刷公司初版《曹涵美畫〈金瓶梅〉第二集》

中編

論書法三則

一

中國書法的藝術味，是其他國家的書法所沒有的。中國的字是方塊字，其構成的基礎是象形，用毛筆直行寫，這是中國文字落後於他國文字的致命的癥結。但中國書法所特有的藝術味亦即在此：因其爲象形，故有結構的綜合意趣，多變化；因其爲方塊字，故便於佈白，疏密相成；因其爲直行，故有全幅之章法，蔚爲氣勢；因其爲毛筆寫，故能作成線條之各種波動；又因其所用的是松煙墨，故能與毛筆相得，表現筆觸與色彩美。

文字之爲工具，猶之乎犁與錘，隨人類之需要而改進，故有人提創漢字拉丁化。但此係另一問題。猶之乎手工業雖然不可避免地要被淘汰，而依存於手工業的藝術仍有其歷史的存在，我們甚至於仍然可以欣賞石器時代的藝術作品，卻並非對石器時代的留戀，於此可以說明，研究書法與主張保守漢字，乃是兩件事。

書法的藝術境界，有其與繪畫的共通點，在形象方面；有其與音樂的共通點，在韻律方面。但書法不能到達繪畫所能到達的境界，因爲書法所表現的形象有其不可超越的制限。書法亦不能到達音樂所能到達的境界，因爲書法所表現的韻律不能有敘事史式的綜合展開。書法不能表現喜怒哀樂，卻只能表現輕快與謹嚴，明淨與繁複，雄偉與平易，險折與安詳。書法所表現的不是感情，而是氣分：不是造象，而是風格。書法不能欺騙，鄙吝者寫的字也是鄙吝的，走江湖的人寫的字總掩飾不了江湖味，前人從寫字中看出壽夭，這個我不知道，但從寫字中看出其人的氣度，卻往往是很準確的。即此，書法具備了藝術的人格化。字寫得好的，輕快而能謹嚴，繁複而能明淨，雄偉而能平易，險折而能安詳，這乃是大至金字塔，小至微塵的結晶體，凡足以引起美的欣賞的所同具的條件；而在寫字中所表現的力的波動，與健康的人在工作當中所感受的生之喜悅，有其共鳴。即此，書法具備了藝術的創造味。

藝術中之有書法，類似科學中之有數學。數學是諸科學的綜合的抽象的規律，書法也可以說是諸藝術的綜合的抽象的規律。可是書法的發展受著嚴格的制限。這原因，大概在於藝術與科學的差別。藝術的一部門是獨立完成的，而科學的一部門則不能獨立完成，必須與別的部門互相依存。這從歷史上可以看出來：科學的諸部門，如物理、化學，在同一時代發展的參差，遠不如藝術的各部門，如雕刻、繪畫、音樂，在同一時代發展的參差之大。藝術的諸部門不像科學的諸部門那樣需要一個共同的核心單位。因此，書法在藝術中的地位，便不能比擬數學在科學中的地位。藝術的每一部門既然是獨立完成的，書法也一樣，那麼，就書法之造形方面的制限，與其只能表現氣分而不能表現感情而言，它是過於抽象的，過於缺乏實體的事物爲其依據，這就嚴重地遏止了它的發展。

二

書法有其時代性。漢以前，漆書竹簡，故甲骨文、鐘鼎文，皆僅有結體美，而線條美則遠較單調。至秦漢通行毛筆、竹紙、煙墨，而後書法之線條複雜化。秦以前極少大字，至秦始皇有摩崖刻石。但摩崖刻石之全盛時代則爲漢，而墓碑之風行亦始於漢。摩崖刻石是爲的紀念巨大的工程，墓碑則爲的紀念死者。漢朝廣通四夷，例如鑿穿褒斜，石門刻字，蔚爲壯觀。紀念死者，則爲漢朝輸入佛教之事。故漢以前，不通行墓碑，所傳孔子書延陵季子墓碑，爲僅有的作品，但恐亦非眞的。而漢以前，雖已有秦之泰山刻石，但非爲紀念工程，而爲紀念武功。紀念武功係廟堂之作，不及紀念民間工程之爲雄渾，故秦刻石較之漢刻石，就書法言亦不及後者。

就書法言，紀念工程之刻石，不但較紀念武功之刻石爲雄渾，亦較紀念死者爲博大。故刻石較墓碑有更佳之作品。刻石之全盛時代爲漢，而墓碑之全盛時代則爲北魏。刻石往往不署書家姓名，而墓碑則多署名，愈至後世，則無有不署名者，此則說明個人主義隨歷史之進展而出現之痕跡。

墓碑不及刻石，而書札則不及墓碑，因書札易流於輕率，且易流於纖細之故。秦蜀之間，漢代石門摩崖諸作，洵爲古今書法之最佳作，觀之使人神往。北魏王遠所書石門銘，較之鄭道昭作書鄭羲墓碑，氣度亦遠勝。

書法至王羲之而起一大轉變。後世以王羲之爲古今第一書家，其實即在同時代，王亦未能獨步。王之所以能享此大名者，一由於王爲大族貴公子，東晉最重門第，士大夫尤喜標榜，王謝風流，披靡一世，其次則七賢八俊之號，一經品題，頓增聲價，王羲之有此憑藉，爲其他任何書家所不及。二由於羲之書法，雅俗共賞，而其風流溫潤，適合士大夫的標準氣分。初唐承南朝之餘緒，文章主駢儷，書法主灑脫，歐以李世民爲倡導，隨以褚虞，皆臨摹王羲之。自此以後，至於宋，駢文爲古文所代，書法亦以莊重代替灑脫，顏書與蘇書，皆廟堂作家也。但王字並不因此衰竭。因為歷代的士大夫都可以分做三類，一類是道貌岸然，謹嚴自持，這一類人以大官為多，他們喜歡的是顏柳歐蘇的書法；另一類是裝腔學怪，做了小官自稱為奇士，做不到官，自稱為狂士，他們喜歡的是懷素、鄭板橋的書法；又一類人是做的不大不小的官，在莊嚴與放誕之間，成為風流儒雅，以王羲之的書法於他們的這種氣分為宜，而這第三類人在士大夫中的地位又往往是佔壓倒的勢力，他們比謹嚴的大官瀟灑，也比拘謹或放誕的小官或才子來得溫潤而謹嚴。他們擁護王羲之書法，便成為很有力量。其在明末，士大夫的風氣與東晉頗有類似之處，明人書札之臨摹王書者尤眾。只是更削薄而已。明清重科舉，試卷的書法，千篇一律，只有臨摹王書，尚能相當調和，減少其呆板與庸俗。此亦王書被崇奉為正統的原因。

三

書法有形態，有風韻，有氣度。形態佳不如風韻佳，風韻佳不如氣度佳。清道人書有形而無態，趙之謙書，趙孟頫書，則有姿態而無風韻，皆為下乘。王羲之書風韻佳絕，而氣度不及鍾繇。唐之褚遂良，宋之米芾，近人章炳麟，其書皆獨擅風韻者。鍾繇書有風韻，亦有氣度。而漢魏摩崖諸刻，如《石門頌》，《楊淮表記》，《石門銘》，少室開母石闕，泰山《金剛經》，則無不納風韻於氣度，故能高視古今。氣度不足，始流爲風韻，以風韻輔佐氣度者，帖書惟鍾繇，碑書惟爨龍顏。顏書有氣度，但能博大而不能雍容，即此不及漢魏懸崖諸刻，蘇書亦有氣度，但能莊重而不能博大，即此不及顏書。惟流傳宋人陳摶臨摹《石門銘》「開張天岸馬，奇逸人中龍」十字，氣度之佳視漢魏未爲遜色。鄧石如篆書摹秦刻，隸書摹漢墓碑，而不及懸岸石刻，故精湛雍容而不能博大。然鄧書以隸爲篆，以方筆通於圓筆，則爲漢魏以下所鮮能媲美者。近人如沈曾植康有爲吳昌碩，蔚稱大家，沈書工力最深，但帶有三分學究氣，致天機時有窒礙。所謂學究氣者，如顧炎武、包世臣、王國維諸人之書，雖精粗各殊，而皆不能全免拘謹與呆滯，沈書亦不能例外。康書以鄭文公碑爲底子，能直而不能曲，見其劍拔弩張，而不能博大雍容。吳書工力勝於康而敵於沈，但帶有三分市儈氣，即此不及沈康。章炳麟、馬一浮、李叔同，書名不及沈康吳，但書法不在其下，而書品皆在吳上。餘人能書者尚多，但多屬只有一得之長而已。清末遺老，互相標榜，故渠等之書名獨著，即以康之譏彈古今名家，而對惡書如清道人者，亦未有貶語。必瞭解渠等之遺老依存關係，而後可以平心論當代人之書。

余十六七歲時在杭州從海寧周承德先生學書，先生教以從畫平，豎直，體方入手。

日寫百字，臨龍門造像二年，臨鄭文公一年，每數日以所習字就正於先生，則畫平豎直體方猶有所未能，且誡以用墨不可過飽，落筆不可太快。此後時作時輟，泛及各家，故迄未有成。閒時思念，覺畫平豎直體方六字，實爲學書之形態基礎，墨飽則溢，見墨而不見筆，毫之精神不出。落筆太快則不能畫雍容曲折頓挫之致，見一畫一豎一點之外形而不見一畫一豎一點之內的變化。此則學書之求韻律基礎所不可不知者。韻律與形態不可分，韻律依存於形態，可是，有形態者未必皆能有韻律。

學書先從方筆入手，亦有至理。秦漢以前無方筆，因漆書竹簡之故。至秦漢用毛筆，用煙墨，用紙，而後書法有方筆。所謂開毫，中鋒，使轉之頓挫，至此乃備。用方筆以隸書爲多，但亦可通於篆，以方筆輔圓筆，而後圓筆之法乃備。前此漆書竹簡，固無筆不圓，但不免裹鋒。秦隸漢篆，以方筆通於圓筆，此意後世惟鄧石如能之。漢魏以下，學篆者之所以走入燒毫與所謂鐵線篆之歧路者，皆由於不知以方筆通於圓筆之旨，雖李陽冰亦不能無此弊。鄧石如精於隸，以隸爲篆，故能上承秦漢。

漢魏以下，能以隸爲篆者，惟鄧石如，能以隸爲眞行者，惟陳摶與李徐。此外名家，則或限於天分，或限於工力，未能媲美也。鄧石如與李徐，是皆能以方筆通於圓筆者，其精湛同，而李書之博大雍容，猶勝於鄧。鄧石如布衣，其書經康有爲之推頌而享大名，當其生時，嘗寄寓顯宦幕下，且得包世臣之傳揚，惟識者仍寥寥。李徐亦布衣，當代紹興人，年六十餘矣，非貴顯，亦不往來貴顯者之門，又遠離滬上書家之互相標榜，其書名僅紹興人知之，而紹興人亦鮮有知書之精湛在沈康吳之上，而其博大雍容且在鄧石如之上者。李徐字生翁，其人恂恂，誠樸長者。余學書三年，觀李書而不知其佳，五年後始驚服。得李書數幅，懸掛壁上，配以康書，則康書見其擴，配以吳書，則吳書見其俗，配以沈書，則沈書見其拘。當擇鄧書之佳者，與陳搏書「開張天岸馬，奇逸人中龍」十字配之。

原載一九四三年十月上海《人間》第一卷第四期

皁隸・清客與來者

近來我感覺寫文章要找題材不容易。那毛病，還是因爲思路彎曲，在今日都是沒有法子的事，莫說敘事的史詩，連諷刺文都通不過，恐怕只好寫寫寓言了。而寓言的題材可是不能取用手頭的事物的，卻是要平空創造，這就很苦。

《天地》的編者，叫人「多評論實事實物，取材於報章雜誌近載」，因這鼓勵，我翻看了一些新出的刊物，希望得到一點啓發。結果還是枉然。

但因此發見了今昔出版界的不同處。戰前出版界的生意在於銷路廣，所以雖然也是秉承官方的，卻總要裝出站在民眾的立場說話的樣子，好比二十年前杭州小熱昏的賣糖，用比他的糖更甜的說詞，騙取聽眾的銅元。魯迅指出他們的其實是官話，他們就要面紅耳赤地爭辯。現在可不是這樣了。出版界的生意經在於津貼，因爲紙貴，銷路窄倒更上算。原來也是，不過辦給官方看看的，所以隨時聲明是在於宣傳國策，用不著你去指出；指出了，他們倒是笑嘻嘻，或者神色之間變得要肅然，你又怎麼樣呢？

這樣的東西，人民自然是不看的。倘然更有威力，也不過如同官廳的告示，素樸得很，用不著一點文采，連小熱昏賣糖的口才都是多餘的。偶而也聽到有人這麼慨歎：「刊物的水準低落了，文字的技巧太差！」可是，沒有關係的。

做官的人呢，也不看的，他們自個兒相信，這種報章雜誌是辦給人民看的，而且以爲人民也眞的在看。不過做官的人也有自己所要看的東西，作公餘之暇的消遣，說得高尚些是「鑒賞」。於是，另一種專供「鑒賞」的出版物就出來，內容是：前朝掌故或近人軼事，從曾國藩的幕僚摭談到言慧珠的《紡棉花》，從女人頌到詩畫讚，應有盡有。裝訂大都很精緻，文筆據說也雅潔可喜，水準是提高了。講到銷路，中國是多官之國，自然是好的。

前一種是皁隸，後一種則是清客。和皁隸是無可爭辯的，和侯門清客也不能認眞討論學問。從這種報章雜誌裡，我找不到題材。這之際，卻忽然想到了周作人先生。周作人先生大概就是因爲找題材難，所以終於鑽到古書裡去，檢取前人的一枝一節，拿它來說明時下的風氣。這種用心，是很苦的。但久而久之，卻會被前人的全套體系所滲透，被挾持了去。幸而他的底根深，因爲他究竟是擔當過五四時代的戰鬥的，所以在這樣子被挾持了去之際，時時會忽然自己驚覺，又寫出些不能沖淡的文章來。只是他的追隨者很少懂得這個，變成古之宿儒與今之清客了。

所以我總有一個偏見，與其到古書裡去淘金不如開掘頭的煤礦，這頗與《天地》的編者說的「批評實事實物」相近了，然而迎面就是二塊大木牌，上面寫道：「礦場重地，禁止喧譁！」

不過看到《天地》第二期，卻頗有些潑剌的作品。何文先生的《文化與武化》，主張爲政者對內須重文化，對外須重武化；僉忍先生的《名流與風雅》，簡直是撕著有些人的耳朵，叫道：「看你自己的嘴臉！」還有趙思允先生的《關於紀念魯迅》，對於內山完造先生的慨歎於魯迅先生墓碑的掩沒，明白提醒「四郊多壘」之秋活著的人的感受，並且對於今日之讚美魯迅先生者把他弄成不是中國人，很動了怒。不想，中國不亡，窒息著的，蟄伏著的人的聲音，在這裡，這是第一次聽到了。

還有張愛玲先生的《封鎖》，是非常洗鍊的作品。在被封鎖的停著的電車上，一個俗不可耐的中年的銀行職員，向一個教會派的平凡而拘謹的未嫁的女教員調情，在這驀生的短短一瞬間，男的原意不過是吃吃豆腐消遣時光的，到頭卻引起了一種他所不曾習慣的惆悵，雖然僅僅是輕微的惆悵，卻如此深入地刺傷他一向過著甲蟲一般生活的自信與樂天。女的呢，也戀愛著了，這種戀愛，是不成款式的，正如她之爲人，缺乏著一種特色。但這仍然是戀愛，她也仍然是女人，她爲男性所誘惑，爲更潑剌的人生的眞實所誘惑了。作者在這些地方，簡直是寫的一篇詩。

我喜愛這作品的精緻如同一串珠鏈，但也爲它的太精緻而顧慮，以爲，倘若寫更巨幅的作品，像時代的紀念碑式的工程那樣，或者還需要加上笨重的鋼骨與粗糙的水泥的。

總之，照這看來，中國過去的一點新文化遺產，並沒有被戰爭毀掉，而且新的作家也已在戰爭中漸漸出生。不過，這與達官顯宦，貴婦名媛，文人學士中的皁隸與清客是無關的，與「引車賣漿者流」也無關。

《天地》的編者，原來打算「引車賣漿者流」也來投稿的，後來看看沒有，所以在第二期聲明「趁早自己修正」了。這，以我爲是極應該的。因爲引車賣漿者流自己是不會，也沒有餘裕來寫文章的。當蘇俄主張無產階級文學的時候，就有人反對過，以爲，無產階級存在之際，它沒有弄文學的條件，等到將來階級消滅，則沒有了無產階級，又哪裡來的無產階級文學？所以在歷史上，無產階級文學是沒有的。倘若有，那也只是同路人的文學，我是贊成這一說的。

這同路人的文學或者就是編者所希望的非引車賣漿者流的文人，出來替引車賣漿者流說話。但在中國現在，這似乎是很難期望的。就說俄國吧，俄國的工人不是先有工黨，從議會鬥爭發展到專政的，卻是跳過了議會鬥爭階級，就到十月革命。因此，俄國的同路人文學，大都是十月革命後的產物。緊接在這之前，倒是契訶夫、安特列夫、阿志跋夫，與路卜洵的世界。他們寫的是自己這一群的灰色、恐怖與毀滅。其間還有戈理基，但戈理基的早期作品所表現的尼采主義的倔強，也不是工人的，卻仍然是他們那一群人的。因爲，站在新時代快要來到的面前，他們雖然發現了自己的沒落，但同時也感染到一種興奮，正如聽到屋子外邊的軍隊走過，雖然是不相干的，可是那步伐聲與金鼓聲，也會引起一種律動的共鳴，如此而已。

同路人文學，在英美那樣的國家可以在工人專政之前出現，因爲在那裡的工作有比較長期的議會鬥爭，給予作者以觀摩，可是在中國，目前大概不見得會有。這樣，《天地》的編者經過自己修正後的希望，恐怕還要再來一次修正的。我看還是讓非引車賣漿者流寫寫自己身邊的事情吧。

他們，所謂社會層中間分子，因爲戰爭的打擊，更深刻地意識到自己這一群的沒落，但同時也感染著新時代的曙光。這兩種心理的交錯，使他們哀歎自己的沒落，也嘲笑自己的沒落，而多少成爲尼采主義者，雖在絕望之際，他們的絕望還是強烈的，如同契訶夫的作品，灰色的，然而有著深沉的人間愛；如同安特志跋夫的作品，是爆裂的毀滅，不是悄悄的死亡；如同戈理基早期的作品，因爲自己的卑微與軟弱，而渴慕著鷹一般的解脫，海一般的自由，風暴一般的力。不過都不是無產階級文學，也還談不上同路人文學。但有了這，中國已是生氣勃勃了。

我這樣地期待著。

在戰前，他們這一群只是慢性地在沒落下去，從一九二五到二七年革命的失敗到現在，中間這一段長長的歲月，他們在文學上的表現，是卑瑣，無聊，以丑角的打諢使自己生動，雖有魯迅的鞭笞，也不能使他們變好一點。但經過這次世界戰爭，革命的浪潮終將再來，衝擊之下，這一群人便要從慢性的沒落走到強烈的毀滅，而這種毀滅在新時代的曙光面前，將有一度輝煌的燃燒，然後變成灰燼。

當這樣子燃燒起來之際，現在文壇上的皁隸與清客將讓步，終至於退開。新的作品，在搏鬥之下，將由寓言進到諷刺文，由諷刺文進到敘事的史詩，殺開一條較為寬闊的言路，找文章的題材便不至於再這麼為難了。

原載一九四四年三月十五日上海《新東方》第九卷第三期

隨筆六則

一

過去有一個時期我喜歡遊覽名勝，後來漸漸不喜歡了。大概是因爲看了縣誌，凡有斗方名士的地方總是有十景。讀《徐霞客遊記》，覺得太冷清，也不喜歡。

回想起來，以前到過的名勝印象都很淡，倒是常走的小街小巷對我有感情。我遊過西湖，見過長城，可是動人的只是當時的情景，不是當地的風景。遊長城那回，宿在南口，夜裡一個人出來，立在星月之下，想像著這是古代的塞外，但結果一無所得。回到旅館裡，一大群男女同學正在大廳上打地鋪找睡處，亂轟轟的。我也混在他們中間走動著，這才感覺到眞實。後來在桂林，探尋七星巖，那幽邃奇險的洞穴，我一進去就急於想出來。還是在回去的路上，看女人在護城河邊洗衣裳看了半天。我就是這樣的一個俗人。

這也不是因爲人到了中年的緣故。小時候的爲風景所感動其實就是努力使自己感動的。

二

我有名字，可是不喜歡用別號。上次沈啓无來，我和他說：「你爲甚麼要弄上一個閒步庵呢？頂好是不要這些。」

別號大概是起於漢末，盛於東晉，早先的人不玩這一套的。漢末的八俊八元，東晉的竹林七賢，是一夥人的別號。可是讀書人最容易散夥，久後便一個人有一個人的別號了。一夥人的別號是對人家標榜，一個人的別號是對自己標榜。甚麼散人、居士、館主、恨人，都不過是玩意兒。一個人玩夠了一切，便玩到自己身上，弄別號，就是玩自己的一種。讀書人就是這樣，就在他們是一夥兒的場合，倘是吟詩，就是甚麼「海棠吟社」，倘是弄政治，便是甚麼「清流」、「東林黨人」、「左翼作家」，其實還是和「海棠吟社」一樣，算是一夥人的別號，而有了別號就已十分滿足，表達了他們所要表達的了。

可是我喜歡綽號。《水滸傳》裡有些綽號就很好。別號是自己取的，綽號卻是人家給的。有別號的多是些讀書人，有綽號的卻多是些下等社會的人。兩者的分別就是這裡。譬如聽人叫「王麻子」、「康林鬼頭」，比較走到人家的書房裡，看見玻璃板下壓著署有甚麼「主人」的箋條，總要心裡舒服得多。下等社會的人也有他們一夥兒的別號，那是叫做「幫」。幫多是些窮兇極惡的，但是不無聊。

讀書人合夥兒的甚麼社，目的只求做到幕僚，現在叫做智囊團的。而流氓的幫則往往做了「火十字團」一類恐怖政治組織的底子。中間倘有認眞的政黨，首先得和這些讀書人的社，流氓的幫分開。尤其是讀書人的，他們弄政治不過是弄個別號玩玩，一夥人合稱爲「左翼作家」的時候，和個別的自署爲甚麼主人、居士，在沾沾自喜上頭並沒有兩樣。

三

中國文學近來有南方的與北方的兩種。這是因爲地氣不同嗎？不是的。主要的倒是因爲政治氣候的不同。也有人把北方文學與南方文學分作兩派認爲有破壞國家的統一的嫌疑。但到底還是分了兩派。

北方文學的中心是北平，作品的風格比較深湛，來得靜，而以上海爲中心的南方文學則是活潑的，不免粗淺。一般人的這種看法，原也是對的。粗淺的可以使之變爲深湛，靜可是要不得，因此也有人以爲中國文學的前途在南方，北方的則在沒落中。這話我可不以爲然。

文學和政治中心接近，可以作成文學與時代的息息相關，但也使文學成爲粗淺。這粗淺不是一個單純的技術修養問題。政治影響於一般人的生活，這一般人的生活是文學的基調。所以政治對於文學的影響無寧是間接的。但因爲政治的動態是特別的觸目，作者覺得它新奇，往往拿它做文學的題材，這樣就容易失敗。他們不知道從一般人日常生活的角度去描寫政治，而從政治的角度去描寫政治，變成政治的偵探小說一類。好的文學家是革命的，但不是政治家，所以是更廣大的。一個文學家處理政治的題材，應當像處理戀愛的題材一樣，要考察要說明的是人性的抑制與解放，感染於小事物小動作，亦即人們日常生活的全面的情調。

上海方面的作者因爲與政治關係太直接的緣故，往往把政治描寫得太誇張，而忽略了人生。這樣一種誇張法，倘用來描寫戀愛，是才子佳人的鴛鴦蝴蝶派文學，用來描寫政治，則成了騎士式革命家的報告文學。作品的粗淺，便不止是技術的問題了。

必須把政治在一般人的日常生活裡濾過，才可以寫成文學的作品。在政治動亂的中心地點不會產生好的文學作品。好的文學作品是產生在離政治動亂的中心地遠一點的地方。政治動亂最高潮的時候不會有好的文學作品，好的文學作品倒是產生在政治動亂的高潮之前或之後的。因爲作者要有咀嚼題材的餘裕。

北伐以來，上海方面文學作品的粗暴，便是因爲離政治太近。也有獎勵這種粗暴，以爲是革命文學的新的氣質應當如此，可是革命文學必須是文學的，文學不容許粗暴。就是革命，要的也是剛健，不是粗暴。

北平離政治動亂的中心較遠，較有考察政治動亂的從容，將來倘有描寫一時代的生活氣氛的文學作品，我想在北平比較在上海還更容易產生。就現狀而論，北平方面的文學雖像是消極的，但也不是罵它一聲「落伍」就能說明的。它的基地到底還是比上海方面的好，這不僅是說的文學遺產，也是說的文學的前途。

四

小時候因爲一直住在鄉下，聽人說起海，例如「飄洋過海」，「海白洋洋，忘記爹娘」，就有一種大的喜悅。有個堂哥哥在上海做生意的，一次他回來，我問他道：「上海有海嗎？」他說「有。」「海望得見嗎？」「望得見。」我很興奮，可是他不再說下去了，我也不知道怎樣再發問。

大起來讀到描寫海的詩與文，懂得的增多了，可是海似乎小了下去了。增多的對於海的感情是些詰屈的，瑣碎的。

後來從天津坐船到上海，才第一次看到了海。見了現實的海，要想把它來適合詩與文裡所描寫的海，忽然覺得現實的海並不好，心裡很懊喪。

再後來又渡過幾次海。一次是上海打仗逃難到香港，隨後又從香港回上海。兩次都是拖兒帶女，不但世俗，而且狼狽，沒有詩意，因此對海也不再苛刻。有時只是偶然從船舷旁邊走過，或者從房艙的窗洞裡望了一眼，那海就像要潑了進來，打翻一切，不去想它，也知道是人在海上。海不是供人欣賞的。

五

從前大臣們上奏章，皇上看了通常就一批：「知道了。欽此！」現在皇上是沒有了，卻有許多人還是以「知道了」來滿足自己。他們看一篇文章，或一幅畫，首先問這是甚麼派，知道了是甚麼派的作品之後，就即刻滿意，因爲他們已經「知道了」。他們無論到甚麼地方，總是各處都踏勘到了，把所有的名目細細地問，一一都記住了。他們非常之注意嚮導人的說明，尊嚴一點的逐件參觀，風雅一點的逐件欣賞。

十年前有過一個時期，史大林派了一批又一批作家到礦山，工廠，集體農場去，當場抽筆寫成報告文學。這報告文學其實就是「知道了」文學。後來還想擴大範圍，寫「世界一日」。中國也有人打算照樣做。不過後來似乎都沒有下文，大概是因爲「知道了」一天之內在全世界發生的事，到底也沒有多大意思。

中國文人向來是不辨菽麥的，民國以來忽然見到了女人的世面，就寫成了「鴛鴦蝴蝶派」的作品，有詩有小說，才子配佳人。後來又忽然見到了政治動亂的場面，就寫成了普樂文學，也是有詩有小說，英雄配無產階級。沒有煙士披里純的是「知道了」文學，加上煙士披里純的也仍然是「知道了」文學加煙士披里純。前者是茅盾的《子夜》一類的作品，後者是巴金的《家》一類的作品。

茅盾的《子夜》久而久之沒有人看了，雖是革命文學批評家也說不出其所以然。巴金的作品還有人看，也猶之乎張恨水的作品還有人看。那一點子煙士披里純倘使加在《江湖奇俠傳》上，也一定還有人看的，不過如此。

六

讀了《文學集刊》一二期廢名論新詩的文章，講詩的解放與人性的自由，實在很好。還讀了武者小路實篤論八大山人的畫的文章，那意境也是相通的。可是一想起廢名近來悟禪，不免有點感慨。

在我所知道的人當中，起先都有過生之綺麗，後來一個個走到了禪悅的境界的，除李叔同之外便是廢名。廢名打仗時回到湖北鄉下，起先還問在北平的朋友設法寄莎士比亞的劇本給他，後來卻聽說他悟禪了。比這更早，當他還在北平的時候，就已漸漸接近此道。一次他表現給周作人先生看，他恰如在一種睡眠狀態，但又是清醒的，他的肢體本能地動作著，有如舞蹈，周身的感覺如同魚在水中游泳，得大解脫，有大喜悅。周先生看了還是懷疑，這使廢名很惆悵。

周先生的懷疑確是冤屈他的。一個人把所有的念頭都熄掉，肢體平時受意志的約束慣了，此刻忽然得了解脫，自動地遊戲起來，這本來是可能的。聽仲雲說我鄉也有這麼一個人，快要修成正果的，會打一種拳，叫做「仙拳」，是讓肢體自動舞蹈的。

不過這裡邊我以爲並沒有甚麼奧妙。肢體的自動舞蹈只是清醒的夢遊。如同海水，沒有風浪的時候，不受任何驅使，也有一種宕漾，因爲它是活的。所以清醒的夢遊還是限於它是人身，並且是基於平時動作的游離。這游離是平時動作的帶點反叛性的自由，但不是佛經說的解脫。佛經說的解脫是等於斷線紙鳶，到頭要墜落的。廢名便是欠考究到這一層。

他的詩論所引致的錯誤和他對肢體自動舞蹈的見解正相似。表現於詩的人的感情，是生於事物的，但這感情一昇華，就不再被事物的跡象所拘束，成爲自我圓滿的。但昇華的東西還是有它的根。倘若根被丟掉了，昇華的東西就只靠自身的水分來養它，鮮艷也只得一時。如果是從枝上折了下來的花朵，可以經得起一宿，而從現實的人生折了下來的禪悅，則或者可以經得起幾十年。那幾十年，還是靠的前此的現實人生的殘餘的水分養著的，如同離了水的螃蟹，吹著從江湖裡帶來的口沫濡濕著自己，久後到底是不行的。一個人可以後半生做和尚，靠著前半生絢爛的餘情來潤澤自己，到他坐化的時候還不涸竭。但倘使不是一個人，而是人類來這樣做，那就會遭到可怕的涸竭的。因爲做和尚的人，不但以他自己前半生的餘情來潤澤自己，並且是涵養在周圍的人群的生活情調的反映裡的。所以佛法須受十方供養。這供養不僅是物的布施，而且是情的布施。

廢名在那詩論裡指出生之感情的自由，用來發揚昇華說是有功的，但他把昇華當作解脫，終於走到了禪悅，這便成了藝術的還原，到頭阻礙藝術的發展了。

原載一九四四年七月上海《天地》第十期

亂世文談

街上看山東人賣解，聽他對觀眾自白身世道：「爹娘生我三兄弟——大哥河南開封府，二哥四川廣德州，小弟不聽爹娘話，流落江湖走天下」。我不喜歡，因爲他太像叫喊著「到民間去」的前進作家的話。

前進作家彷佛本來是在民間之外過日子的，卻忽然覺得應當去到民間了。這自然是可敬的。但他們不是深惡別人的有閒嗎？他們自己卻可以在民間與非民間之間從容選擇！所以他們到底是英雄。對於英雄，生活是一種奢侈。我毋寧喜歡平平常常的人們。平平常常的人們過的日子是無可選擇的，而人生也因此見得莊嚴。

他們還教人要把握生活，把握時代。可以看出他們一臉的正經，然而不認眞。人在認眞戀愛的時候，絕不會想到要把握戀愛的。只有演戲，才刻刻得把握劇情。眞的人生，它的情節可是放恣的，你以爲理該哭的時候，它偏哭不出來，你以爲不該笑的時候，它可笑了，常常不能把握自己。而這也正是人生的眞實與戲劇化的分別，而這也正是活的生命對世故人情的叛逆。要把握它，不過是扼殺它。

一個人的生活如此，千萬人生活著的時代自身也一樣是放恣的。人類生於一個時代，同時也生於一切時代之中。它既然在千萬年中存活了下來，這就有它的永恆。是這永恆，使人類能忍受一時代的苦難，並且通過它，一節節開出花來。

一個人生於千萬人之中，受著周圍大氣的衝擊，所以常常會得超過他自己。一時代的千萬人因爲同時也生於一切時代之中的緣故，分明是眼前的事物，也使人疑心是夢境，叫喊著遼遠的記憶與末日審判。所以時代也常常會得超過它自己。怎麼可以把握呢？爲甚麼要把握呢？

這超過自己，就是生命的昇華，也就是藝術。藝術有它自身永生的目的。爲甚麼而藝術的爭論不過是廢話。藝術表現生命在現實事物中的顫動，不是現實事物的複寫。報告文學更不過是廢話。

叫喊著「到民間去」的作家往往自慚是小資產階級，恨不得學高爾基的流浪，使「生活經驗豐富」。我可以爲不必。藝術是智慧，不是知識，所以考察生活，不如認眞地生活。只要認眞地生活著，是無論從哪一個角度都可以感應時代的氣壓的。我見過一幅日本的浮世繪，題名下雨天，畫的卻是兩個女人坐在房間裡。席子是涼爽的，人的衣裳和手也是涼爽的，而在涼爽裡分明感覺人體的暖意。面部的表情有一種柔和的寂寞。房間裡的空氣是潮潤而明淨的。看不見外面在下雨，可是要表現的都已表現出來了。

革命自然是大事件。但過去雪萊與歌德他們並不用市民對貴族的鬥爭做題材，卻是只把他們在日常生活裡所感受的寫成詩與小說。而這樣表現出來的一般人日常生活的平衡的變動，也正好傳達了那時代的氣壓，啓示了人類的命運。

倘要說階級，則藝術毋寧是屬於小資產階級的。工人的與資本家的生活情調感染到小資產階級，使小資產階級的生活平衡發生了震動。感染雖是間接的，卻也因此濾去了雜質，成爲幾乎是沒有名目的興奮與憂傷。而小資產階級生活平衡的震動程度，也就是工人對資本家的鬥爭影響時代的程度。現代的生活方式，絕不是因爲工人不能忍受了而革命的，卻是連資本家也不能忍受了，並且連這兩個階級以外的人們也不能忍受了，才會有革命。工人對資本家的鬥爭只有通過小資產階級，才能作成時代的全面震動。

前進作家非常之憎惡小資產階級的動搖，教人要有「鐵的意志」，卻不知道這動搖正反映著時代變革的氣候。他們又非常之憎惡小資產階級的幾乎沒有名目的興奮與憂傷，教人要描寫政變，兵變，罷工與農民騷動，卻不知道這些不過是潮頭，是海水的震盪激起了潮頭，並非潮頭拖動了海水，何況有些還不過是隨起隨滅的浪花。日常生活裡幾乎沒有名目的興奮與憂傷，固然不及革命的浪潮驚人，卻是如同海水一般，有著更深更廣的不安。

他們更非常之憎惡小資產階級對人對物的感情，是生疏的，又是親切的，不夠熱辣辣。他們以爲這種生疏是虛無主義，這種親切是沒出息的溫情。他們不知道正因爲這個時代是不安穩的，所以一切成爲飄忽的，使人有生疏之感。但人類的歷史究竟不終止於這一代，所以在這時代仍有著人類在一切時代中所熟悉的東西，親切的，有著永恆的愛。

我倒喜歡自己是屬於小資產階級的。資本家暴殄天物，也浪費人的生命，工人又太窮，如同賣簸箕的程咬金，偶然得了一兩銀子，用手緊緊捏住口袋，還是給失落了，所以他們都不能有藝術。而且工人與資本家之間嚴格得不能往來，還是小資產階級更能懂得人生的各方面。再則，革命不但是階級對階級的糾正，也是人類對階級的糾正。人類的共通性在小資產階級的生活裡保存得較多，所以它雖然不能領導革命，卻可以是革命的啓示者。而藝術也並非戰術，藝術只是偉大的啓示。

小資產階級的生活經驗雖然平凡得不足以驚人，但還是可以作成偉大的藝術。科學上偉大的成就，如牛頓發現萬有引力，瓦特的發明蒸汽，題材不過是一隻墜地的蘋果，一把燒水的茶壺。藝術也一樣，它可以用一些平凡的男女做題材，創造出時代的紀念碑式的作品的。否則，像辛克萊那樣的小說，雖然寫了一群人，也不過是一群人，在千萬人生活著的時代裡，他們仍然是孤單的，有限的。他寫這一群人的騷動，也沒有廣度與深度，只使人覺得是一個闖入的節目。

那些學高爾基的流浪者，只不過學做了乾隆皇帝下江南，到民間去找傳奇，也試想由自己的手去創造傳奇罷了。而結果則只是做了遊客，寫寫報告文學。他們哪裡懂得藝術。遊客，倘使只有遊客，沒有碌碌無奇的人們在那裡耕種，尼羅河的金字塔也早已統統埋沒在沙漠底下了。

戰爭以來，上海的文人很受了打擊。問他們爲甚麼不動筆，或則說是格於環境，×××××××××××××××××××××××××××××××××××。或則說，文章是只能在清醒時寫的，現在可是如此×××，所以也只好擱筆了。看他們臉上的表情，眞是酸酸楚楚的。

他們有如庸俗的畫家。庸俗的畫家畫節氣，必定要用梅蘭竹菊做題材。好的作品，可是不必描寫政治的尖端的。說上海的環境不好，也是的，但在重慶與延安，也並沒有出現較好的作品，雖然有了《科爾沁草原》那樣好聽的書名，一般還是要求再版屠格涅甫的小說。屠格涅甫的小說裡沒有抗戰，也沒有農民暴動，不過是寫的戀愛故事，卻有著比《科爾沁草原》之類更能啓發人的東西。

至於說時世亂糟糟就不能有文章，那也是飾詞。在無論如何艱苦的環境裡，個人會跌倒，人類是不會跌倒的，所以仍能有它的下一代。不過在艱苦的環境裡，有放恣而沒有閒情。那放恣，也不是表現在飛揚跋扈裡，卻是表現在快要破裂的忍從裡。於是，以藝術爲閒情的人寫不出東西來了，以藝術爲搖旗吶喊的人也寫不出東西來了。現代雜誌派的作家從此沉寂，左翼作家的報告文學也沒有人要看。窮的原因，忙的原因，×××××××，但都不是最大的原因。只有鴛鴦蝴蝶派卻重新氾濫起來，但作風，也有了改變，人們不耐煩於sentimental，留下來的便只是赤裸裸的色情，水準低落了。論語派則出了洋，給美國人輕鬆去了。在上海，在內地，自然也還有他們，但幽默的紳士外套已給剝掉，成爲小報的打諢，水準也低落了。時代要求素樸，是浮沫的東西，讓人清清楚楚看出了是浮沫。

讓他們去寫不出東西吧，讓他們去水準低落吧。在他們之外，好的作品已在萌芽，成長。它所顯示的這時代，是飄忽的，又是眞切的。

可也有人夷然不屑道：「上海沒有人，××××××，目前誰好誰壞，哪裡就能作準呢！」這種自卑心理可只是譏笑別人的認眞，來掩飾他們自己的不認眞罷了。內地，內地又怎樣呢？中國只是一個，××的壁壘不過等於在池塘裡築了一道竹子編的籬，並不因此把社會分做了兩個，一邊的水平並不比另一邊的更高，也並不比另一邊的水更清。內地比上海只多了一樁：文人的暴民專制。上海的文壇失去了正統，倒是好事。

××××××××××××××××××××××××××××××××××××。在正經的國度裡，是不能有藝術的。丟開正經，一時間或者會恍然若失，但也因此使人懂得認眞。所以我對於中國文學的前途比較樂觀，並且以爲上海比內地更有希望。這就在目前，也已經可以看得出來。

原載一九四四年八月上海《天地》第十一期
文中省略處爲發表時檢查機關所刪

左派趣味

梁塵的愛人不離口，一次我們幾個人就專聽他說。但凡聽人說戀愛故事，我總覺得有謊話在內，或者就是誇張不必要之點，心想這樣才使故事更完成，而其實是反而使它殘缺了。因此很少戀愛故事使人聽了生起溫厚的感情，像晴天的白雨，一陣陣灑在草木上，滋滋地滲入泥土裡，卻往往是被裡邊的情節所驚，使人思索，雖也能悟出一點甚麼，到底是貧寒的。把它作爲戀愛的樣本，歸到那一類去，像是又多了一種了，如此而已。

梁塵說的戀愛故事就有點像這樣。他非常之愛她，她也非常之愛他。然而他常常弄哭她。光是哭，不夠強烈，必得使她也發脾氣，大吵了一通，他把她打倒在地，然而幾天之後，還是由她來找他，更加愛他了。我聽他說，知道他是喜愛戈理基的《瑪爾伐》的，他覺得女人應像瑪爾伐那樣的，從男人的拳頭裡去認識男人，哭也不應當是抽抽噎噎的，應當是發脾氣的哭。又說：她的愛人除了他，另外還有十幾個男人，這也應當如此的，爲了她必須是現代女性的緣故。

可是我覺得這故事不好，正因爲這裡邊有太多的應當。而且這樣的故事，只要說個開頭，我就能想像底下的情節，像是可驚的事，因爲有一定的格局，也就不怎麼可驚了。

把這樣的故事寫在紙上，是被稱爲左傾文學的，其特點，是「粗暴而不忠實」。酸化文人的感傷主義，與弗洛依特派的歇斯底里，是資產階級或小資產階級病態的東西，可是粗暴也並非剛健，倒不過是沒有教養的感傷與歇斯底里。沒有教養的感傷與歇斯底里，不見得比有教養的更壞多少，可也不見得更好。

粗暴的感傷與歇斯底里，是流氓的東西。戈理基早期寫流氓，很能使人從粗暴的感傷與歇斯底里的背後，發見被毀損的人生，雖然被毀損，然而還是人生，正如資產階級或小資產階級的優秀作家，描寫精緻的感傷與歇斯底里，從中發見被毀損的人生一樣。可是戈理基的後期作品，用這同一手法去描寫流氓以外的人物，給人看到的卻只有這手法，再沒有別的。他自己也覺得不對，所以晚年特別提倡寫實，然而他只極力在人物上寫實，而故事的結構，則極力安排，必使其中孕育著時代的意識。但安排到底不是創造，而時代的意識也很少就能形成一個故事，卻往往是孕育在人物的散漫情節裡。把寫實的人物嵌進安排好的故事裡，結果爲了珍惜故事的所謂時代意識，不能不修改人物，於是寫實有了折扣，而且把這有折扣的寫實叫做「新寫實主義」。藝術本來是超過寫實的，但超過寫實不是否定寫實，也不是修改寫實。戈理基的新寫實主義，不過是硬湊，他的後期作品，成了審定的教科書，讀他的作品，只是教人抱定宗旨去學習，可是不能給人以感情的淹潤，與智慧的解脫。

所謂左傾文學與右傾文學，我本來不贊成有這樣的區別，文學是只有好壞的區別的。無產階級文學尤其是廢話。歷史上可以有無產階級專政，然而不能有無產階級的機器或無產階級的生產力，卻是社會的機器與生產力，也沒有無產階級的文明，卻是人類的文明。所以就是馬克思和列寧，也不說是無產階級主義，卻是說共產主義，社會主義，是社會的東西。階級可以對抗階級，然而不能對抗社會的生產力，不能對抗人類的文明。文學與其他藝術一樣，他是批判階級的，不是被階級批判，它是人類的，不是階級的。

文學可以描寫工人，但並非無產階級文學。倘說描寫甚麼就是甚麼，那也不過是題材的分類，好比士大夫文學、田園詩人等等而已。描寫工人，是從工人身上去發見人類，所以文學描寫階級而超過階級。無產階級抗議說：「我們也是人要過人的生活」，連戈理基的小說，也用「曾經爲人的動物」作題目，可見不是要人去過無產階級的生活，左傾文學家把無產階級抬出來，作爲人類的榜樣，要人類拜無產階級爲師，眞是蠻橫。從人類來看無產階級，則無產階級是人的生活部分而非人的生活部分的合成體，連非人的生活部分都是不可去的，而現在的左傾文人，正在那裡強調這非人的生活部分，以粗暴污穢爲驕傲，恰如酸化文人之以多愁善病爲驕傲一樣。

原載一九四五年三月上海《苦竹》第三期，署名林望

人間味云云

是辛稼軒吧？有詞云：「少年不識愁滋味，愛上層樓，愛上層樓，爲賦新詞強說愁；而今識盡愁滋味，欲說還休，欲說還休，卻道天涼好個秋。」——記不眞了，好像如此。所謂人間味，就是這麼的如人飲水，冷暖自知。

美國有一位富婦，請教一位文豪怎樣把她的兒子也訓練成一位文豪，答道：「給他十萬金元，由他一塌糊塗地花費去，他可以把人生的各個角落都走到了。」其實走到又有甚麼用呢？如果他只是看看而已。這樣做的有甲克倫敦與辛克萊，甲克倫敦學野蠻人的樣子吃生肉，辛克萊的著作《石炭王》的主人公是在假期到炭坑去玩玩的。他們只發見了新奇，沒有感覺冷暖。要感覺冷暖才算是嘗到了人間味。所以看他們的作品，只等於看電影的新聞片，探險記與風土誌。

我做過政治犯，被拘禁一個月零三天，倘然是預定拿一個月零三天的時間來增長見識的，則所嘗到的被拘禁的滋味一定不能那麼深切。傳說中的乾隆皇帝遊江南，落魄得把玉帶賣了，他還是不懂得甚麼叫做貧窮的。《西廂記》云：「將來的酒和食，嘗來如土如泥；便是土和泥，也應有土氣息，泥滋味！」這種土氣息泥滋味，只有田間的耕佚，與航海的陸地懷念病者能夠懂得。

小街小巷男女的生活，可以編成說書與算命先生的韻語，贏得笑與淚，但大少爺之流拿它來談論，便只見其嬉皮笑臉。有人批評莎士比亞的劇本《凱撒》，說道：「在英雄的眼裡，群眾不過是大炮的食料，而在群眾的眼裡，則英雄不過是餘興。」至於在大少爺之流的眼裡，則又群眾與英雄兩者都不過是趣味，談論到他們，只是和談論到小籠包子或熱帶魚一般。

「壯年哀樂過於人。」是亂世的激楚之音，但嬉皮笑臉則無論在亂世在盛世都是浮沫。長江之水，汲來煮飯，先得漾開水面的浮沫。嬉皮笑臉者一切都玩，一切都談，獨獨討厭認眞，而又討厭做夢。但因此，他們連得開玩笑都不會。農民的愚笨是可笑的，紳士的僞善也是可笑的，但在本來是丑角的身上，便沒有甚麼可笑之處了！只見其耍把戲。耍把戲與開玩笑是不同的。並且做夢也不必那麼討厭，因爲它有時候也是人間味的昇華。只有大少爺之流的做夢，總是因爲胃裡不消化，擾亂睡眠，所以提起就要憎惡了。

中國人現在需要活潑，會哭會笑，也工作，也做夢。巴爾扎克有一篇短篇小說，題目忘記了，是描寫拿破崙的軍隊從莫斯科敗退，苦得要命，路上遇見了一位女人，忽然受了啓示似的，兵士們紛紛地獻慇懃，說俏皮話，把她當做皇后，整個行列都生動起來了。這種氣氛是壯健的。但喜愛幽默的大少爺之流又怎能懂得呢！

吳易生先生新近刊一種刊物，叫做《人間》，要我寫文章，我的話就是這樣。

原載一九四三年四月《人間》第一卷第一期

「言語不通」之故

看了蘇青君的《論言語不通》，忽然想起從前讀過的一篇小說，講的是上次大戰，法國兵和德國兵在前線打手勢對話，彼此倒很瞭解，於是這一邊高興得大聲哄笑，那一邊也懂得是在笑的甚麼。後來打完仗，這一夥法國兵回到巴黎，在一家受著盛大的招待。他們局促不安地坐在華貴的客廳裡，以一種不自然的禮貌與尊敬聽著主人的致辭，可是，簡直不明白在說些甚麼。

這故事指出：人與人之間的隔膜，也會使得言語不通的。

沙皇時代的俄國貴族，他們說的話是和下等人不同的，甚至於不會說俄國話，也聽不懂。是一九一七年的革命，才把這「言語不通」的問題解決了的。但到史大林手上，這問題又漸漸發生，領袖與同志之間，說話用的辭彙變得不一樣了。托洛斯基指出這一點，還被謚爲「匪徒」，可見「論言語不通」都有個界限，蘇青君幸而只論的方言隔絕之利弊。

而且，連註釋上等人的話都不可以。例如他說的「傳播文明」，其實是轟炸，他說的「正法」，其實是虐殺，他說的「要好」，其實是侵略之類，倘若這麼一註釋，就干犯了「庶人不議」的明令。

連註釋都不許可，雙方說話自然更難懂了。上等人似乎也很知道這一點，所以對下屬說話，時時要插進一句：「懂得嗎？」我和軍界的朋友玩，稱兄道弟之後，談得興奮起來，有時候對方也會忽然地來一個「懂得嗎？」幸而我是懂得的。

至於下等人的話，上等人似乎更不容易聽懂。每逢下屬被上司莫名其妙地大罵一通之後，潤潤喉嚨，想要解釋一番，但剛剛開口，上司即刻一連串地叫道：「甚麼？甚麼？你說的甚麼？」你就只好不響，因爲他不懂你的話。契訶夫的小說《宴會》，描寫安娜的丈夫包特做了代理廳長，彷彿眼睛也變成近視，耳朵也變成重聽了。他看人很吃力似的，聽對方說話，就是這樣子一連串地叫道：「甚麼？你在說甚麼？」的。

倘在家常之間，則窮親戚上門，吞吞吐吐地說了許多話，還用暗示，以爲已經把來意表明了，但終歸借不到錢，就因爲老闆不懂你的話。而且由此可以知道，方言之不相通，還可以打手勢來補救，而由於人與人之間的隔膜而產生的言語不相通，卻是打手勢也無用，甚麼暗示都無用。

前人的筆記裡還有一段故事：一位學台大人路過河南某縣，縣長請示第二天甚麼時候起程，學台大人說了：「烏朧鬆。」縣長諾諾連聲道：「是。」結果是花銀五百兩，才從跟班那裡問明白了「烏朧鬆」就是天剛剛放曉的意思，是紹興方言。但問題倒不在於紹興方言的怪僻，還是在於學台大人的威嚴，弄到不好當面問，所以要花銀五百兩了。

因爲問問都不可以，於是有翻譯，那跟班就是。人們都知道過去蒙古人與滿洲人殺到中國，要用翻譯，卻不知道中國人與中國人之間，說話也要用翻譯，才能使上情下達，不過是叫做宣傳，高尚得多了。但也因爲高尚得多的緣故，所以宣傳雖負有翻譯的任務，卻仍然用的上等語言，下等人聽了不懂，還是不可以隨便詢問或註解的。

我一生的吃虧，就因爲喜歡詢問與註解。還在中學校讀書的時候，有一次和教務主任頂撞起來，他說：「給我滾出去！」我不該問了一聲：「我又不是皮球，怎麼叫做『滾』呢？」於是被開除了。這不過是以後無數次倒楣的起點。

原載一九四三年十一月上海《天地》第二期

瓜子殼

《天地》的編者要我寫文章，可是寫些甚麼呢？「今天天氣好」底下又怎樣呢？也著實爲難。本來，我是喜歡說話，不喜歡寫文章的。兩個人或者幾個人在一道，隨意說話，題目自然會出來，也不必限定字數，而對面的人或是摯友，或是仇敵，或是泛泛之交，彼此心中雪亮，而用語言來曲曲表達，也用語言來曲曲掩飾，有熱情，有倦怠，有謙遜，有不屑，總之是有濃郁的空氣。倘是兩個十分要好的人在一道，於平靜中有喜悅，於親切中有一點點生疏，說的話恰如一樹繁花，從對方的眼睛裡可以看出人間最深的理解與最高的和諧。又倘是夾在一些不相干的人群裡，他知道自己是爲誰而說話，知道有誰是在替他辯護，也有一種高貴的感覺。

然而寫文章，是把字寫在白紙上，沒有空氣，沒有背景，所以往往變成自說自話。那麼，把談話過的記錄下來怎樣呢？記錄下來的也不過是瓜子殼，雖然撒得一地，可是瓜子仁已經給吃掉了。然而又非寫不可，好吧，就拿瓜子殼出來饗客。

一

有一次，一位朋友喝了許多酒。——這位朋友是誰呢？我不想說。因爲我是「黨同伐異」出了名的，已經有人說我的話是「宣傳」，理由大概是：否則，爲甚麼斤斤於是非之辨，而且想要克服人家呢？所以，我只好連朋友的名字都不提，表示無「宣傳」之意。卻說那位朋友喝醉了，說道：「我要做土匪去，我要做世界上最壞的壞人去。」我說：「某某人不就是大土匪嗎？」他說：「他不行。因爲他做的壞事不能寫成一首詩。」他沒有讀過席勒的詩《強盜》，但他是懂得席勒的。

二

又有一位朋友對我說，他一次見魯迅，是在魯迅死之前一個月。魯迅對他說：「中國是一片沙漠，這沙漠正在一天一天地無邊無際地伸展，大概要等到淹沒了所有的地面之後，人們才會吃驚，才會明白過來吧。」沙漠上的戰士是荒涼的，他只能以自己的聲音來充滿這個宇宙的。

三

又一次和一位朋友說：「你的那一篇關於中國人的宗教文章我讀了，不知怎的我的心只是往下沉，有一種淡淡的哀愁與深刻的不愉快。」

我喜愛印度的神，那是深紅、深藍與深黃的；也喜愛希臘的神，那是雪白的大理石的；也喜愛埃及的神，那是灰色的。卻不喜歡中國的神，光看它們的服裝，就不過是人世官吏的翻板。它們一樣地在辦公，沒有莊嚴，也不是戰鬥的。或者它給人以威嚇，如雷神，但中國的雷神不比北歐神話的托爾，它只能擊殺一個人，而不能毀滅一個城或者一座山。到嶽廟的十殿去看看，只等於參觀人世的監獄，感覺不舒服而已。就是這樣，連威嚇都是繁瑣的，不能給人以毀滅的恐懼與喜悅。

而中國的仙，則飲酒弈棋，成天玩玩，恰恰是清客的化身，懶惰，做作，並且有點秀才氣。

沒有像樣的神與仙，同時也就沒有像樣的妖魔。外國的「撒但」使人犯罪，但中國的山精土怪則不過拋磚擲瓦，使人受驚，生病，或者死亡，卻不能毀損或誘惑一個人的靈魂。

宗教的偉大不在於解脫，因爲宗教和藝術一樣，是游離現實，不是颺棄現實。佛教的大乘講解脫，所以通行的事實上只是小乘。中國的神與仙則又拘束於現實，所以只是一大堆繁瑣的迷信。迷信不是宗教，它只是現實生活的夢魘。宗教的偉大也不在於懲罰，因爲懲罰只適用於犯法，不適用於犯罪。

宗教的偉大是在於慰安，以戰鬥，戀愛與音樂是使人世昇華，從人生的提高中給予人生以饒恕。

四

看了一處書畫展覽會回來，我忽然想到中國的書法只能表現一個人的才氣與工力，但是很難表現一個人的人格。前些時偶然看到《民抄董宦紀事》，才知道董其昌原是一位劣紳。可是看他寫的字，怎麼也找不出有劣紳的嫌疑。再從淳化閣法帖中去看歷代名人的字，所謂名人者，有許多是壞蛋，然而字都寫得很好。

不但書法，中國的畫也一樣。董其昌同時就是一位傑出的畫家。

還有中國的詩。小時候在《古詩源》裡讀到楊素的兩首招隱詩，記得下面有後人的評註，說楊素權奸，而其詩清逸，可喜亦可異云。楊素之爲人，我沒有好好研究過，不欲下斷言。但中國的舊詩人，其詩與其人不相稱，甚至相反者，是隨處可以見到的。

這是中國的書、畫與詩，技術的成分大於藝術的成分的緣故。我想，這是中國藝術革命的一個主要課題吧。

五

如今的「革命」之士，提起五四運動總不勝遺憾似的。提起太平天國，當然是更憎惡了。還有，連提到北伐，都惶惶惑惑表示痛心。

太平天國已是遼遠的事了。但在辛亥革命當時，黨人還引以爲榮的。北伐當時，也還沒有人崇拜曾左彭胡。是到得後來，這才恍然於秩序高於一切，不但佩服曾左彭胡，而且對於清廷都時時要「發思古之幽情」了。

至於五四運動，當時在南方的國民黨人，是曾經因此很攻擊了一通北方的執政者的。但後來北伐到了北平，發現南方之強與北方之強原是一家人，親熱起來了。再來看看五四運動，原來動機並不純正，非常之替「被利用」的青年「惋惜」了。

只有北伐是好的。可是，倘能不提打倒帝國主義，那就更好。所以，也還是有缺

廣 告 回 信
板橋郵局登記證
板橋廣字第83號
免 貼 郵 票

舒讀網「碼」上看

235-53

新北市中和區建一路249號8樓

印刻文學生活雜誌出版有限公司　收

讀者服務部

姓名：＿＿＿＿＿＿＿＿＿＿ 性別：□男　□女

郵遞區號：＿＿＿＿＿＿＿＿

地址：＿＿＿＿＿＿＿＿＿＿＿＿＿＿＿＿

電話：（日）＿＿＿＿＿＿＿＿（夜）＿＿＿＿＿＿＿＿

傳真：＿＿＿＿＿＿＿＿

e-mail：＿＿＿＿＿＿＿＿＿＿＿＿＿＿＿＿

INK

INK PUBLISHING 讀者服務卡

您買的書是：______________________

生日：　　年　　月　　日

學歷：□國中　□高中　□大專　□研究所（含以上）

職業：□學生　□軍警公教　□服務業

□工　□商　□大衆傳播

□SOHO族　□學生　□其他 ____________

購書方式：□門市 _____ 書店　□網路書店　□親友贈送　□其他 _____

購書原因：□題材吸引　□價格實在　□力挺作者　□設計新穎

□就愛印刻　□其他 ____________（可複選）

購買日期：_______年_______月_______日

你從哪裡得知本書：□書店　□報紙　□雜誌　□網路　□親友介紹

□DM傳單　□廣播　□電視　□其他

你對本書的評價：（請填代號　1.非常滿意　2.滿意　3.普通　4.不滿意）

書名_____ 內容_____封面設計_____版面設計_____

讀完本書後您覺得：

1.□非常喜歡　2.□喜歡　3.□普通　4.□不喜歡　5.□非常不喜歡

您對於本書建議：

感謝您的惠顧，為了提供更好的服務，請填妥各欄資料，將讀者服務卡直接寄回或傳真本社，我們將隨時提供最新的出版、活動等相關訊息。

讀者服務專線：（02）2228-1626　讀者傳真專線：（02）2228-1598

點。

這就只剩下辛亥革命是好東西了。但也幸而張勳的復辟沒有成功，否則，今之紳士將如何論斷，也很難說的。十六年清黨之後，共產黨被捉去反省，發表悔過書道：中國的歷史是走的普魯士的道路，普魯士的道路是俾斯麥擁護霍亨索倫王室造成了統一的德意志。義大利也如此，由加富爾擁護薩伏衣王室完成了義大利的統一。中國現在雖然沒有了愛新覺羅王室，但幸而還有俾斯麥那樣的鐵腕者，應當把中國交給他去統一云。這一說，就頗有點惋惜辛亥革命的鹵莽的，因爲它打掉了王室，以致中國的俾斯麥覺得空盪盪。

在蘇俄，史大林正提倡崇拜彼得大帝，並以完成加德林女皇的遺志爲己任，也如中國紳士的遺憾於辛亥革命一樣，頗有遺憾於十月革命之意。紳士心理之相同，正是古今中外如出一轍的。

爲甚麼要如此惋惜，遺憾，與痛恨呢？就因爲太平天國，辛亥起義，五四運動，與北伐之役，都是犯上。

六

常常聽到有人歎息中國人民的教育程度之低。首先是外國人，他們要求領事裁判權，爲的是給中國人以文明的榜樣。他們還開辦了教會學校，培養西崽與買辦。中國人的教育程度被提高了。

中國的官吏，也一樣關心於人民的教育程度之低的。所以雖然革過命，他們還主張打屁股。並且，因爲看不過人民的沒有辦法，不得已而獨裁。在不高明的人民之上而能有高明的獨裁者，理由似乎是這樣：官吏是牧人，人民是羊，牧人與羊不同類。

不過，牧師與官吏的說話也不能就作準。清末以來有過幾次革命，人民很有作爲，也有過幾次反動，弄到人民一點辦法都沒有，這似乎是很難拿人民的教育程度的忽高忽低來說明的。所以，獨裁的理由到底不過是官吏們的理由。牧師們的理由現在已經推倒了，官吏們的理由也不見得能長此存在下去吧。

七

男人們在宴會上到了無話可說的時候，往往談論太太們的事，而精神也就抖擻了起來，聽說這只有中國如此。中國人多是怕老婆的。

凡是活得無聊，厭倦的人們，總是陷於色情狂。明末的人們特別講究吃，也特別講究兩性的事，因爲精神已萎縮到只能靠生理的慾望來支持了。他們沒有愛，只有嫖，對妓女如此，對妻也如此。而現在彷彿也是這樣。

男人的穢褻不但損害了自己，更損害了女人。女人被男人當作玩物，如果心有不甘，是要反抗的。雖然這種反抗的意識是不分明的，總之也要使得男人吃驚。他往往想不通，是甚麼地方得罪了妻。即使在吵架的時候，女的只覺得自己是受了委屈，卻說不出委屈所以然來，而男的則做夢也不會懷疑到除了當作玩物之外還有別的對待女人的態度。因此之故，男的只覺得女人難對付，莫名其妙地欺侮她，也莫名其妙地怕她。

到了女的也心安理得的以玩物自居的時候，則被玩的物與玩物之人也就更不容易相互瞭解，卻成爲互相玩弄，男的玩物，女的玩人，而玩人者總是比玩物者更變態心理，更冷嘲的，在這場合，女人就比男人更可怕。所以中國，怕老婆的故事就特別流行。

夫婦之間，沒有尊重，只有互相恐懼，沒有愛，而以義務來強迫自己，這是一個太大的悲劇。

做丈夫的既以主人自居，則做妻的就免不了要有「盜憎主人」的感情，變成冤家了。稱丈夫爲「冤家」的，似乎只有在中國。但也應當分開來看。下等社會的人倒是好得多，雖然野蠻得至於動手相打，卻沒有把老婆看做玩物的意思的，因爲究竟是夫婦在共同合作。只有在上等社會，男女的穢褻是可驚地流行著，彼此非常之優雅，然而只是嫖客與娼妓關係，無論對於自己的太太，對於朋友的太太，對於任何女客；無論對於自己的丈夫，對於丈夫的朋友，對於任何男客，都是打情罵俏。

原載一九四四年五月上海《天地》第七、八期合刊，署名蘭成

閒書啓蒙

一

《鏡花緣》裡有個君子國。君子國人做買賣，賣方只要一兩銀子，買方卻定規要出三兩，謙讓了半天，才以二兩銀子成交，雙方都感激得很。

《鏡花緣》的作者究竟是幾百年前的人，不知道政治經濟學，所以他的商品社會的禮讓不過是虛構。但在他之後，也確有許多現代的憂世之士，主張保持商品社會，而提倡商品社會的道德的。不過，這究竟是不可能。至於政治的事，似乎更談不到禮讓。

趙匡胤就是最沒有君子國人的風度的。他要滅掉南唐，南唐的一位使臣講了許多理由，回答的話卻是：「臥榻之側豈容他人鼾睡！」就是說，沒有別的，只是因為我要滅掉她。

而南唐的這位使臣也一樣的不配做君子國人，因爲他著實爭執了一通。他知道，他只能做南唐國人，倘被滅掉，就只能做大宋國人，君子國是沒有的。

可是，以中國之大，加以歷史之久，要找君子國的例子也不難。宋末明末清末，碰到外國人，自己送的比對方要的還多，那樣的事是常有的。甚至外國人覺得你送的太多了，客氣起來，接受一半，折回一半，都是有的。這又如何解釋呢？

《三國志演義》裡劉備過江見周瑜，周瑜正以不動的決心與鋒利的話步步壓迫劉備之際，忽然看見了站在劉備背後的關羽和張飛怒目而視，他就驀地客氣起來了。這樣子，成就了周瑜的大量與劉備的感恩。

但關張因爲是站在背後，所以周瑜看見了，劉備倒沒有看見。看見了又怎樣呢？那又要另找例子了。這例子是，劉備有一次已經雙手捧出印信，願意把徐州讓給呂布了，不料張飛出來大喝一聲，於是呂布趕快轉舵，而劉備則著實埋怨了張飛一通，還對呂布賠禮。

張飛眞是粗漢，但也因爲有了他，劉備和呂布才做成了君子國人。現在已經不是《三國志演義》的時代，但這故事還是編成了新式的話劇在演。而且，這次大戰之後的世界和平會議上，還有許多更可看看的。

二

記不清是誰了，總之是沙皇時代的一位作家，雖然是俄國人，但並不赤化的，寫過一篇小說，講的是甚麼地方的一位國王，惟恐人民不服從，叫位大臣去宣傳無抵抗主義。宣傳成功之日，人民果然對一切都忍受了，不但對於國王不再反抗，就是對於吃掉他們的身體的蒼蠅和蝨子也不抵抗。全國變成靜悄悄的。國王這可著了急，他用他的王杖去觸動他們，用腳去踢他們，叫道：「你們這樣子統統要給蝨子吃掉了，站起來！敵人要來殺掉你們了，快反抗呀！就是反抗我都不要緊，只要你們站起來。」但是人民已經站不起來，更壞的是，連想站起來的意見都沒有了。他們就這麼地躺著，靜靜地死光了。

這故事我頗懷疑。第一，自有國王的歷史以來，人民沒有這樣徹底忍受過，所看到的倒是一連串的叛亂。第二，自有歷史以來，國王的最危險的敵人就是人民，絕不會因爲另外來了敵人，肯叫人民站起來的。那例子就是清帝的名言：「寧贈友邦，不與家奴」。

但這故事也有眞實。它只是不適用於主人與奴隸的關係，而在主人和奴才之間卻是適用的。主人在困難的時候，叫了奴才來，的確想聽聽他的意見，還拿話鼓勵他。可是奴才只知道低眉順眼，恭恭敬敬地答道：「是！」弄到主人氣起來，喝道：「混蛋！」同時卻感到一種無助的憂傷。這樣的事，歷史上倒是常有的。

原載一九四四年十月上海《苦竹》第一期，署名夏朧秀

說吵架

我的毛病是不懂得玩，凡事動不動就當眞。十三歲到紹興城裡去讀書，大概也確是因爲我身上帶有鄉土氣的緣故，常常被同學欺侮。有一次，忘記了是爲甚麼事情，我發怒了，立起身來，那個嘲弄我的同學也即刻臉色變得凜然，像是要撲過來，威嚇道：「你要打人嗎？好！」我不說話，就一拳打了過去。他閃過了，輕蔑地笑道：「咦咦，你做甚麼呀？」倒是我的發怒成爲可笑的了。但我還是趕著他打，他一邊逃避，一邊央求：「對不起，對不起，是我的不是了。」終於他被打得哭泣了。他的哭泣裡有孩子的苦惱。但他一見我怔住了，就更大叫大罵，哭得更高聲。我驚惶了，撲上去要捂住他的嘴，他怕再捱打，忽然大笑了起來，雖然膽怯，卻裝做若無其事的，還帶著幾分親熱的神情說道：「誰跟你當眞，玩過了也該罷了。」他從地板上爬起來，凜然不可犯地走出課堂去了。雖然從他的用力關門，並且還落了一大滴眼淚在門邊的地板上，可以知道他也是憤恨而且傷心的，但我總覺得這場打架打得不明不白，並且覺得自己是失敗了。

後來我長大了，打架的對手也不再是孩子，而是更有底子的貴人與紳士。也常常打贏，但又彷彿從來沒有勝利過。笑嘻嘻的是他們，忽然變得非常正經的也是他們。彷彿他們都是正常的，可笑的倒是我。我知道他們的世界是脆弱的，但他們那樣子可簡直像是不可動搖。偶然想起小時候打架的那一幕，有著同樣惆悵的心情。我現在也學會了他們的嘲笑敵人，把敵人看作小丑，而且我想，我還比他們更有餘裕，更從容些。

在我的鄉下，有個地痞。一次看見他和另一個人吵翻了，那人回手打他，他著實捱了幾下，那人一放手，他卻拿起一條扁擔夾頭夾腦劈過去。於是他又被打倒在地。但究竟不能打死他的，還是只好放手，這回他跳了起來，撿了一塊大石頭打過去，甚麼都不管。終於那人恐怖了，雖然他不是敵手，也只好送了他幾角錢。其實，無論哪一種眞的鬥爭都是這樣的。貴人與紳士們，不管是裝出怎樣不屑的神情，他們還是和那地痞一樣不肯放過敵人的。所以也只有和他們打到底。地痞的那種決絕的韌性，就是革命者也得學，只是沒有那樣的慘厲罷了。

原載一九四四年十月上海《苦竹》第一期，署名崎

貴人的惆悵

高高在上的人，他們的生活看來是很威嚴的，可是不快樂。他們成天見客，而沾不到一點人氣，成天議事，也只聽自己在說話。

所以朱溫不耐煩了。一次他在河堤上，那裡有一棵甚麼樹，他說：「這可以做車軸。」底下的人一齊讚歎；他大怒道：「這樹明明不可以做車軸的！」喝令把他們推出去砍了。這故事人家都當作朱溫馭下的權術，其實是朱溫的感情受了損害，才這樣發怒的。貴人無論走到哪裡，看到的人都是眉花眼笑的，這是一個大的諷刺。諷刺是要使朱溫那樣的強者暴怒的，但是並不狠毒。而在弱者如末代的帝王，則會覺得這些人的眉花眼笑，背後卻藏著一種怎麼也透不進去的東西，因而妒忌，並且恐怖，要想報復，變得非常狠毒了。

就是強硬的諫臣也一樣。古來許多諫臣的被殺，倒不是因爲觸犯了上頭的尊嚴，而是因爲他們的強硬和卑順一樣，裡面有一種戰戰兢兢。這就是說的「伴君如伴虎」。而虎專揀戰戰兢兢的去撲殺的。你把他當作獸，他也眞的變成獸了。

《紅樓夢》裡的賈母，等賈政王夫人伺候她吃了飯，就急急攆走他們，好讓娘兒們自在說話兒。但那究竟是家裡人。倘在朝廷，則如秦始皇的也想聽聽諸生的議論，可是看了他們那種戰戰兢兢的正經，做作出來的放肆，怎麼也不順眼，一怒之下，把他們統統坑了。但凡帝王，都有他們的文學侍從之臣，並非要他們補闕拾遺，也不是想跟他們研究藝術，無非要他們陪著玩玩，大家說說話。但玩玩是越玩越空虛的。至於說話，原是想聽聽人的聲音，然而聽到的卻是畫眉鳥的聲音。我的一個朋友的家裡，有高大的樓台，寥廓的花園，人靜靜的，下午的太陽曬著，顯得更空盪盪。亭子裡有一隻畫眉鳥在學著人的聲音叫「黃包車」，無年無月地反覆著，簡直使人迷失。所以帝王很少喜歡文學侍從之臣。倒是喜歡微行，換了服裝偷偷地到街上去走走，在稠人之中發見自己也是人。這自然不是爲的私行察訪，也不是換個新鮮花樣玩玩，細想一想，是可哀的。

是這樣的荒涼——程咬金在瓦崗寨做了幾天皇帝，弟兄們不像弟兄們，他自己也不像他自己了，急得他大叫大鬧要退位。《隋唐演義》所說的不見得可靠，但在正史上還有劉裕的故事。劉裕做了皇帝，把一個無賴之徒找來，那人是許多年前當劉裕也是無賴之徒的時候，因爲賭錢打過劉裕的臉的。見了面，劉裕待他非常親熱。人家以爲這是劉裕的寬大，其實是劉裕渴想拿人當人看待，人也拿他當人看待。

人類的歷史到了現在，做事與做人總是不能打成一片，英雄們於做事之後想好好地做人，可是再也不能夠了。他留戀故去的事業，而又仇恨它。劉邦平定了項羽之後，陳豨造反，他本來可以派人去征討的，但他還是自己出馬。後來又有一次，他被匈奴圍困在白登。他已經厭倦了戰爭的，但是坐在金鑾殿上更使他發慌，他所熟悉的究竟還是打仗時過的日子。他解決了陳豨回來，聽說呂后殺了韓信，又喜又悲。勝利之後的空虛使他怕敢回想過去的日子，而韓信之於他乃是一面鏡子，所以要摔碎它，是這麼一種自我報復的狂喜，但同時也有一種悲涼。大凡殺功臣，都不是因爲簡單的忌刻心理。

但這種悲哀只是創業之主才有的，如曹操的詩：「明明如月，何時可掇，憂從中來，不可斷絕」，覺得甚麼事都沒有做成，然而甚麼事都已經做完了。若是他們的子孫，則從小就在非人的環境裡生長，他們連人類的感情的記憶都沒有。他們之中盡有強壯得像一頭獸的，如齊帝生，很機警，也很兇殘，他在臨街的樓上用彈丸獵人，在宮裡叫男女裸逐淫戲。但他們之中多數是軟弱的，甚麼驚人的事也做不出來，只是沉湎於性慾，剛剛即位，就變成了大行皇帝，很少有活到二十幾歲的。他們如同繭子裡出來的蠶蛾，交媾完了就死掉，原始的生物。

慈禧太后在熱河離宮，晚上忽然非常恐怖，第二天就逃走似地回到北京。在北京的皇宮裡沒有事，她常常把衣飾一件一件地取出來，又一件一件地重新收藏好，她是寂寞的。

金字塔是偉大的，因爲那是奴隸造的，而睡在裡邊的卻是木乃伊。北京的宮殿，我每次去玩，總要聯想到金字塔，裡邊飄盪著古代帝王的精靈。

原載一九四四年十月上海《苦竹》第一期，署名韓知遠

違世之言

一、不要紀律要韻律

新近看到日本明治以前的版畫《東海道五十三次》，畫的五十三個驛站，線條與著色有一種貞潔的感情。房子都在路邊，卻並不是暴露在曠野裡，許多的門開著，彷彿可以直走進去，許多的搬運夫和行人，男的和女的，幾乎是沒有個性的。有山有水，山與水的美也像是人工的，連自然界也風格化了。沒有一樁凸出的事物，沒有一個凸出的人，一切都被嚴格地制約著，然而沒有做作，然而是完全的，如同在五月的節氣裡，草木靜靜地生長著，有著所有的熱鬧，所有的放恣，但仍然是被制約著的，倒是這種制約，作成了和平的莊嚴。

到了時代一解體，這種風格化的制約就不再存在，於是有紀律。大家都埋怨中國人是「一盤散沙」，其實中國現在正是最講究紀律的，連到大學校長對付學生，都說：「亂世用重典」，威嚴得像剿匪司令，人們是覺得甚麼都不對，連曬在樓板上的太陽都是荒涼的，是這樣一種無邊無際的虛無，使中國人多數成了哲學家，虐待他人，自我虐待，都能一樣地笑嘻嘻，彷彿瘋人，瘋人就是這麼的口角流涎，笑嘻嘻，更使人感覺一種空洞的恐怖的。執行紀律者的虐待他人狂，與服從紀律者的自我虐待狂，骨子裡就是這種時代的恐怖與虛無主義。

將來的世界，人類的文明可以進步到不再有恐怖，不過仍然有吃驚，那是在美的事物之前的吃驚。不再有卑微，而在愛人跟前他的心可是很低很低，好恣意淹潤於愛情的灌溉，那時候，紀律將不再存在，有的乃是韻律，那時候人也有一種無可奈何，但那是如同《詩經》裡說的：「子兮子兮，如此良夜何！」是生命的愈是伸長不已，愈是覺得伸長不夠的那種無可奈何。是這樣的一種制約，做成另一個更偉大的風格化的時代。風格化的時代，不是可以從紀律發展到的，卻是要由紀律的背叛者去創造。紀律所能做到的「全體主義」乃是對於風格的徹底破壞。

二、不要中庸要和諧

孔子的中庸之道，因為年代久遠了，簡直說不清，但現在的人卻有一個很標準的解釋：就是凡事不要走極端的意思，例如學生不可以鬧風潮之類，總而言之不可以造反。否則，為要制止你的走極端，上頭的人也不得不揮淚放棄中庸，要「治亂世用重典」了。最近說是准予言論自由了，但必須是對政府是「善意的」言論，也是怕的人民會濫用自由，走到極端。

不過中庸也實在難行，尤其在政治上。政治上是沒有中庸，有的乃是平衡。政治的平衡並非兩端的力量相等，卻是一端壓倒了另一端，這才定定的，看起來像是平衡了。所以，有一元的世界霸權，才有最穩當的國際的勢力平衡，有統治者的支配地位的確立，才有最穩當的國內的勢力平衡。所謂平衡，不過是叫大家要規規矩矩聽話的意思，這似乎也就是中庸。但照《尚書》裡的說法：「舜執兩端，用其中」，兩端的勢力相等了，那是物理的平衡，而在政治上則是平衡的破裂。上次世界大戰之後，一元的世界霸權發生動搖，國際的勢力平衡，也靠不住了。張伯倫和舜一樣，想執軸心國與反軸心國的兩端用其中，開了個明興會議，終於還是開了戰，只好讓邱吉爾去走極端了。國內的例子，則有人民陣線。人民陣線在西班牙，要想執工人與資本家的兩端用其中，這終於還是起了內戰，各走極端了。又如此番有人想執政府與人民的兩端用其中，籌劃所謂民意機關，結果可是，人民不要這樣的東西，而政府則連這樣的東西都不敢要，還是各走各的極端。於此見得孔子說的以中庸來治國平天下是行不通的。

但是可以看出一點，大凡加工宣傳中庸，爲中庸而努力的時候，總是因爲統治力和支配力發生動搖了。對於動搖了的東西，不妨打落水狗。正如魯迅說的，落水狗不行了，等一回它又要不中庸，來咬你了。

不說治國平天下，且說修身吧，中庸也不是路。最常聽見的訓話是：不可以太樂觀，也不可以太悲觀，不妨做做看，但也不必太認眞。可我以爲，青年人要能狂喜，也懂得小的悲哀，要能贊成，也能反對。人生應如音樂，有高音，有低音，不妨各走極端，也仍然是和諧的，倘或截長補短，將高就低，養成一式，中庸固然中庸了，可是這樣就不能有交響曲，發出的聲音連背景都沒有，像是奉命歡呼的聲音。

三、不要正經要認真

小時候在私塾裡讀書，大家正在惡作劇，忽然聽見門外有腳步的聲音，想是先生來了，即刻坐得好好的，滿臉正經。這個印象至今還很深刻。

近來和日本人多接觸了些，覺得最拿他沒有法子想的，是那些事務官，無論甚麼事，他們都要去查對章程與手續，於是說「行」，或者「不行」。他們都是正正經經在辦公的。至於中國人裡頭，那些官吏與紳士，則又是另一派的正經。例如有一次，因爲順路，走到一個機關裡去看看一位頗大的官。在會客室裡坐下之後，他出來見了，問：「有甚麼事？」我說：「來玩玩的。」於是寒暄了，「常住在南京？」我說：「有時也去上海。」又沒有了，好嚴肅的機關裡的氣象！他像是在等我說話，不然就是等我走。但是我不走，話可說了：「跟××還是嘰嘰咕咕嗎？」他責備道：「沒有呀，」又很眞誠的樣子：「總共這幾個人，有甚麼鬧的？」我笑了：「鬧鬧也好，究竟還有人味。」一面站起來，看看壁上的一幅風景照片。他卻又想知道一點甚麼了，不介意地問：「你聽到甚麼嗎？」我說：「也沒有甚麼，總共這幾個人，也不會有傳奇。」看了看錶：「耽誤了你的時間了。」就告別了這位正經人。那樣的正經，是矜持，和日本人的正經是固執又不同，似乎底子更貧乏些。

他們也還是和私塾裡的小學生一樣，滿臉正經，是想躲賴時代的懲罰。

我有個熟人，有點歇斯迭里，常常無緣無故地忽然覺得大禍要臨頭，神情非常嚴肅，誰和他說笑一下，對他都是不可忍受的諷刺。他大聲歎氣，絕望地憤怒，憐憫並且看不起你的不識時務。有甚麼使他這樣恐怖的呢?是那門外的腳步聲，時代的腳步聲，所以我總疑心，凡是正經的人們，底子裡都有一種瘋狂。

然而我愛認眞，一次在一個朋友家，說話之回過頭來，看見他的四歲的男孩子，胖胖的一身堅實的柔軟的肉，打著赤膊，赤腳，愛手高高捧著一杯茶，鄭重地移著腳步，過來放在我面前的橫几上。是他自己忽然想到的主意，斟上茶還知道把茶杯擱在盤子裡，然後端了來。我驚訝道：「啊！」來不及說甚麼，他已經又端了第二杯茶來。他父親也笑了，對那孩子說：「謝謝你。」他這「謝謝你」可不像西洋人說的「謝謝你」也不是中國人說的「眞乖」，卻是禮貌之中有愛悅，誇讚之中有尊重。這只有在若干日本人的父親和孩子之間才能看到的人生風度，他們認眞，然而是有餘裕的。又一回，是炎櫻從廚房裡端來了一個大盤子進來，盤子裡有兩碟點心，一壺茶。她全神貫注，身體像是上重下輕，生怕打翻了似的，而沒有使人感覺吃力或不安，是被約制著的活潑，像一個小女孩子一般的可愛。我震驚她的美，有一種感情上的莊嚴。我喜歡這樣的認眞。

「鼎鼎百年內，持此欲何成?」認眞的人有惆悵，然而不虛無。人生雖然不滿百年，但能活得不潦草，過的日子還是悠長的，生命無限制地伸張的。

原載一九四四年十月上海《苦竹》第一期，署名王昭午

關於花

寫一點關於花草之類的文字，大概可以不必參考甚麼言論指導綱領的，所以我就來寫一點。

不知怎的，我是那麼地缺乏對於花園的好感，而且對於「名花」又是那麼地沒有欣賞的修養。照我的私見，花是開在田野裡，開在山上，開在村落裡，在井邊，在籬邊，或在門前的。又或者是開在寺院裡，開在闊氣人家的朱門粉牆裡面也好。又或者是被採下來在深巷裡叫賣，不然就看看小菜場相近的花攤，許多女人揀買了，放在小菜籃裡提了回去，也是好的。獨獨花園我不喜歡，因爲它使花和一切隔斷了。倒不是因爲花園裡的花太多。春天，漫山遍野的花是使人神往的，但花園裡的花是那麼繁多而又有限，那麼精心佈置而掩飾不了雜湊的痕跡。我想，人類到了將來，改造街道與住宅的時候，一定會取消花園，卻在所有的地方栽起花來，這樣子使花走到人間去的。

我的對於「名花」沒有多大好感，大概也是因為總是在公園裡才看到名花的緣故。我看過公園裡的牡丹與芍藥，就是在闊氣人家的私人花園裡看到的也一樣，那種佈置法，總使人覺得好像少奶奶的樣子。否則，富麗不一定就俗氣的。還有，每年一度的甚麼公園裡的菊花大會，每次我去看了，每次都只帶了在雜貨攤裡打了轉似的感覺回來。對於荷花，我的印象比較好，因為它比較粗野。就這一點來說，玄武湖的荷花比西湖的荷花還更有風致。我不知道藝術家配色的法則怎樣，在我是以為花正因其嬌媚，所以要帶點野氣，或者開在比較粗野的地方才好。

小時候住在村子裡，在那裡有一口井，不像城裡人的用石頭或水門汀做圈欄，只放得下一隻吊桶的井，卻是佔地約四分之一畝，周圍用石頭砌成岸，要從石級走下去汲水的大井，就在這井旁邊，靠近一家人家的黃泥短牆，有一樹桃花，每逢春天開起來，眞使這箇樸的村子生色不少。至今我還時常想念它。後來在杭州讀書，到西湖玩耍，靠近鳳林寺有一個寺觀，甚麼名字現在想不起來了，只記得那木柵做的大門常是關著的，望進去也不見一個人，在乾淨的石板砌成的院子裡——我不知道叫它做院子還是天井——卻可以看見有一樹桃花正燦爛地開著，地下有些飄落的花瓣。這印象對我也很深刻。還有一次是清明，我走在通往「玉泉觀魚」的那條路上，望見不遠處紅霞似的一片，那是桃花林，這給人的印象不是沉思，不是懷戀，不是感慨，而是明朗，年輕，春的洋溢。

此外便是西湖裡有些莊子的玫瑰薔薇與月季，它們爬上牆壁，並且爬到牆外，開滿嫣紅的花朵，眞說得上「風光旖旎」。

花大抵是宜於栽在地上的。雖然折下來插在鬢邊，襟上，或者就執在手裡，如所謂「拈花微笑」是很早就有的風氣，而栽在盆子裡則是比較後來的事。《楚辭》裡說的「蘭畹」「蕙畦」，一看就知道不是栽在盆子裡。直到晉朝，陶淵明詩裡說的「榮榮窗下蘭」，大概也還是栽在牆腳跟的，至於菊花，則明明說是栽在籬下。大概花盆還是從唐宋起才流行的。而插在花瓶裡，則從明朝起才盛行。古代的人物畫像，就難得看到茶几上擱兩隻花盆，而插花的瓶流傳下來的也很難得有明清以前的古董。但沒有考證過，也不敢說究竟是不是這樣。

把花種在盆子裡，有它的便利，插在瓶裡也有它的裝飾味，可是花的氣象卻因此難得被人領會了。有些花，還因爲花盆與花瓶流行的年代久了之後，重新被品定了等級，除了經過名人稱賞，有詩爲證之外，有些木本的花便漸漸地降了格。梅花是勉強地被栽進盆子裡，還被扭得盤盤結結的，才算保持了名位，而桃花則栽在盆子裡見得小氣，插在瓶子裡更見得單調，在唐朝還沒有怎麼樣，到宋朝就被「輕薄」否定了。而在漢魏還沒有名的牡丹，這時卻大大地出起風頭，稱爲花王。的確，栽在盆子裡或插在瓶子裡，是要算它最相稱。但也許因爲牡丹本來是一種外國花，到唐朝才從突厥那方面傳到中國來的緣故，所以忽然時髦了起來的吧？這又有待於考證了。

原載一九四三年九月上海《人間》第一卷第三期

新秋試筆

一

又是秋涼天氣了，窗口綠的樹突然安靜了下來。一陣細雨過後，夏天像一列火車轟轟地往前開，無窮無盡的，卻一下子停歇了，人們的臉上有異樣的寂寞。我打開箱子，看看摺放得好好的衣服。發出樟腦丸的氣味，有一種感情上的溫暖。夜裡發現紗窗外面停著一隻壁虎，我特意開亮了電燈照著牠，但到底不是夏天了。

三十年前，我七八歲的時候，就已被這麼一種荒涼驚嚇過。那是在鄉下，一個沒有太陽的下午。天上一片淡淡的黃色，照在人家的牆上，連那牆，都夢幻似地淡到幾乎要不存在了。我立在橋上。有個人走過，自言自語道：「天又要漲大水了。」

風吹著溪水。橋邊一枝杞樹掉下了許多木蓮子，有的浸在清澈的水裡腐爛了，有的乾乾的在沙灘裡。沙灘裡有一個面盆大小的塘，是夏天我和五妹妹挖的，有半手臂深，還好好的在那裡。

後來我走到祠堂旁邊，那裡有一棵大樹，看許多人在樹根燒掘白蟻。阿玉哥哥也在，我想走攏去，卻忽然覺得不喜歡他了。我走回家，先到隔壁去找五妹妹。她坐在簷下小凳子上，她的姊姊教她織帶，專心一志的，沒有理會我。我立了一回，走到母親那裡。

母親在後院洗衣裳，我依傍著她，像一隻小的獸，很久很久望著她的臉。望著母親的臉，一切都熟悉，覺得安全了。

三十年了，母親早已不在，我還是這麼地怕秋天。多謝牆腳下的天竹子正在漸漸地嫣紅起來。蟬聲雖然遠到要聽不見了，有我所思想的人，天涯也是近的。

二

沒有事翻翻蘇青的《浣錦集》，裡面有一篇《牌桌旁的感想》，也就想說一說關於賭的話。

賭有時我也喜歡的，可是不喜歡麻雀牌。小時候在鄉下，每逢迎神賽會，村子裡演戲，就有賭棚。晚上，戲台上敲著鑼鼓，台下漸漸立滿了人，空地上擺有各地趕來的小販的攤子，叫賣荳腐漿，土產的糖果，土製的玩具。戲台上點的大的煤氣燈，攤子上點的燈籠，來往的人手裡擎著蜀葵莖束成的火把。黑陰裡的人如同水裡的魚。家家戶戶的灶間都有燈光，穿著新衣的主婦在燒煮食物，等待穿著新衣的親友從戲台下回來吃半夜點心。是這樣的夜，連溪水的潺潺也是有情有義的。而就在溪邊的沙灘上，臨時搭起一列賭棚，望去燈火輝煌不絕。裡面聚集各處來的農民在賭，打牌九，擲骰子，可是沒有撲克，也沒有麻雀牌。他們賭輸了，滿心煩惱，然而是一種天眞的煩惱，在主家受得舅父的訓誡，表嫂的關切，覺得自己做了錯事之後，第二三天回去照常耕田種地，也不怎麼悔恨。等到下半年或者第二年，甚麼地方又有社戲，又有了賭棚，他們又跑了去了。他們的賭是熱鬧的，認眞的，然而不悽厲。

悽厲的是上海賭台裡的賭，砍下指頭的事常有得聽見，脂粉搽得厚厚的女人，穿著彆扭扭的長衫的男人，開始不介意地而終於忘記了矜持的紳士。忘記了人類的一切記憶的人們。他們都被一陣恐怖抓住，輸的人有時和贏的人同樣地高聲笑，贏的人也和輸的人同樣被自己的笑聲驚嚇著。世界的末日……

賭在元氣旺盛的人。是一種溢出；而在沒落的人則是一種解脫，一種和死亡相近的解脫。這兩種賭法都是不可能沉湎的。

麻雀牌作成了賭的人情化，使賭成爲消遣。它不叫人孤注一擲，沒有人因爲賭了一場麻雀牌而傾家蕩產的。它只叫人爭小便宜，這樣子耗盡了人們的藐小的感情。這種賭法最適宜於少奶奶們，也最適宜於沒有野心而只有貪婪的官僚和一般市民。也有人打麻雀牌小到不用計較輸贏。他們天天打，只因爲他們在這世界上已沒有事可做。生命奄然向盡時，人變成了原始的生物，它的存在只是微弱的顫動，連激動都沒有了，這種賭法本來是老人才喜愛的，現在可是許多年輕人也無聊賴到快要數念珠，而以同樣的心情摸摸牌過日子，賭是放恣的，也使人沉沒，而在這些人卻只是沉湎，使生命慢性黯敗下去。

三

現在孩子們的玩具，是大人世界裡的東西的縮型，沒有情調，不能啓發些甚麼。尤其是橡皮做的，賽珞蘇做的，像是像極了，然而沒有生命，連質料的堅實的感覺都沒有。種類也多極了，多到至於囉唆，彷彿人要被那些玩具氾濫了去。一切都是廉價的。

我想，孩子的玩具應當是比較單純的，並且應當不是大人世界裡的東西的縮型，而是從孩子的世界裡創造出來的東西。歷史教科書裡有原始人在洞穴的壁上畫的野牛，是幼稚的，然而是活的，還有他們用獸骨雕刻的女像，輪廓並不準確，然而也是活的。孩子的玩具要像這樣的原始藝術，幼稚的，但是在生長中的。

孩子的玩，和大人所能想像的玩是截然不同的兩回事。它不是消遣，是創造。大人能注意到孩子的玩，原是好的，但大人替孩子安排的玩法，往往無意中把他們自己的玩法，物的奢侈與感情的貧乏，教給了孩子。孩子是認眞的，大人卻教會了他們玩物與玩人，孩子自身也成了大人的縮型。有時被打扮得像賽珞蘇做的洋囝囝一般，讓大人讚賞「好白相來！」連孩子自身也成了玩具了。

魯迅說過，教孩子讀緹縈七歲救父，匡衡鑿壁透光，甚麼人十五歲執干戈以衛社稷的那些故事，是忘記了尊重孩子，要他們做大人分內的事。外國有安徒生，把孩子的世界裡的故事教給孩子，安徒生眞是偉大的。但至今只有過創造童話的安徒生，還沒有創造玩具的安徒生，孩子的玩具還是只有大人世界裡的東西的縮型，眞替孩子抱屈。

我因爲出生在鄉下，難得有玩具，只在迎神演戲的時候，偶然花十文錢在戲台下的攤子上買一個田雞，泥做的，塗有油彩，吹起來可以當哨子。如今想起來，覺得那樣的東西比現代化的玩具倒是好得多。這種現代化的玩具小時候我沒有享受，倒是我的大幸。我的童年生活，是在屋後的溪水裡捉魚，一面幫母親去撈漂流了去的衣杵。到前畈一個池塘裡打菱，看大人踏水車。跟嫂嫂她們到山上去，她們採茶葉，我在刺叢裡摘覆盆子。用紅得發艷的蕎麥稈叫一位堂姊姊編花轎。上墳時候有漫山遍野的嫣山紅花，採了花，又接了上墳燒餅回來，花放在板桌上給雞啄掉了，燒餅叫嫂嫂給我藏在一隻瓦罐裡，我陪她坐在燒火凳上，看灶肚裡的火發笑，嫂嫂說這是有客人要來了。大概是這一類的事情。

還有，自己做了弓箭，到處射來射去，不當心射在弟弟的面頰上，出了一點血，忙把門檔灰給他敷上，暗暗把心愛的東西許給他，但他還是說給母親知道了。又有一回，是和弟弟到溪岸去拔馬尾巴草，編輪子放在水裡，看水沖著它旋轉。因爲溪岸太高，他下不去，我立在溪岸下面背他，不料他壓下來，兩人一齊跌倒在水裡，幸喜沒有碰著石頭，已是衣裳全打濕了。兩人商量了一番，就這麼地穿了濕衣裳站在沙灘上，太陽底下曬乾它。母親來尋我們吃午飯，叫了一聲兩人都不敢應，叫到第二聲弟弟應了。母親看見這樣子，說了些責備的話，兩人因爲做錯了事，都一聲不響，非常順從地走在母親的前頭，像兩隻小羊。

也愛動物。捉到過一隻幼小的麻雀，關在銅腳爐裡，我和弟弟蹲在地下看，我說：「大起來，牠會飛得很高的。」弟弟問：「天一樣高嗎？」我說：「會的。」一心一意地拿飯粒餵牠，牠不肯吃，兩人都非常傷心，後來記不清牠在甚麼時候死掉了。一回是在山上看見一隻鹿，像箭一般竄了去，沒在柴草叢裡不見了，我全身都緊張了起來。沿溪一帶桑園裡，走進去，只見濃綠的枝葉在天底下無邊無際地遮滿了一畈，紫黑的桑葚息息窣窣地落著，有一種鳥，像是黃鸝，專吃桑葚的，清脆地叫著，靜靜的五月天裡桑林的言語。又有一回是在屋後的竹園裡，看見一隻貓頭鷹立在地上，完全被陽光眩住了，我又全身緊張了起來，躡手躡腳地近攏去，已在咫尺之間了，牠可忒而一聲飛了去，大的翅膀就從我的頭上掠過。最喜歡牛，日落時牠從田畈裡回來，我常常到牛欄裡去看牠，很爲牠的龐大吃驚。而牠又是那麼單純，沒有故事，然而是完全的。

大了起來之後，我做了許多事，有了許多東西，反而感到了人生的有限了。我不喜歡動物園裡的鹿，貓頭鷹，黃鸝，和許許多多以前見過的與沒有見過的動物。幸而我去過的動物園裡沒有牛。馬我不喜歡，因爲牠的一生有太多的故事，而又很精緻，像是上等人。在北方時看見馬耕田，心裡很爲牠難受。我有堂哥哥，高小畢業，不郎不秀的，西髮，穿城裡式樣的短衫褲，無可奈何地在鋤草，總覺得非常之可憐。馬耕田就有這種情調。馬是英雄，但常常會有可憐的樣子。還有狗，就在得寵的時候，也是可憐的。只有牛，我沒有見過牠有可憐的樣子。

也因爲供人玩玩的東西我都不喜歡的緣故，所以特別討厭獅子狗，金魚，教會了養在籠子裡的畫眉，覺得這是對於動物的諷刺，也是對於人的諷刺。也憎惡被打扮得像洋囝囝的孩子，和自己修養成清客的大人。

四

大前年的深秋，夜裡和金人立在三層樓的洋台上，望著燈火輝煌的上海，我說：巴黎的主婦排隊買肥皀，這樣的事是很快會來到中國的。又說：日美大概不久要開戰，那時這些燈火都要熄滅。半年之後，米將漲價到五百元一擔。

風從廣大的吳淞口外吹來，欄杆涼涼的，使人想起河南大平原上的洪水氾濫，連太陽都是潮濕的，荒寒的。欄杆下面牆角裡，一團團的夜氣靜靜往下沉，彷彿瞌睡時的呼吸，彷彿熱被窩裡人體的氣味。「睡去吧」，金人說，他的聲音是空虛的。

那年冬天，上海的租界也被戰爭掃蕩了。金人有一個時期失業，住在我家的二層樓忙著辦《上海藝術月刊》，走進走出很少說話，然而更溫和，也更勤勉了。我看著他，心裡很難受。一次他從兆豐花園回來，我到他房裡，看見一幅剛畫好的風景欹在床腳。畫的是枯黃的草，受了驚嚇的樹木，兩個人急急忙忙地在一條路上走，因爲無依無靠，互相偎傍得更緊了。簡直是日暮途窮。用的陰暗而濃重的顏色，比灰色更缺少徘徊，比黑色更缺少幻想的顏色，打在人的心裡，使人的心只有收縮攏來，堅實的苦惱。我說：

「這樣的黯淡嗎？」金人微笑了，這微笑裡可有眞的喜悅，一個眞的藝術家對於自己的作品喜悅，但也因此覺得更悽慘了。

壁上同時還有一幅大的油畫，畫了幾個月，也是新近才畫好的。畫的是秋收：金黃的穀粒，橙紅的秋天的陽光，兩個女人在田地裡工作，她們的身體和田稻一樣的成熟。這裡的世界是遼遠的，遼遠得已經被人忘記了，可是畫家把它變成了近在身邊的東西。看著它，人會覺得自己是剛從田畈裡工作回來；下午的陽光是無窮無盡的，悠長的日子。這裡簡直有一種宗教的感情，在這亂世荒荒裡。

後來在南京我和金人又同住了一年。在那一年，他畫風景，畫靜物，都是極豐富的調子。但這豐富之中似乎有著一種不安，渾厚有力的筆觸與用色，也還是遮不住靈魂的畏縮的憤怒。畫面的豐富彷彿爲了賭氣，比較那幅秋收，後來的幾幅總覺得缺少了一點甚麼，又多了一點甚麼。一種固執的近於絕望的感情，使那些畫具有震動人的力量。生活的更艱苦，逼得他極力要想抓住一樣東西，倘或抓不住，全世界將掉下去，而他將瘋狂。

後來他又回到上海，比在南京時還更難過日子，而他這時候的畫卻有異樣的柔和，反而明朗起來了。起先我很詫異，細看之後，幾乎流下眼淚。他所拚命要抓住的東西終於失落了，他已經一無所有，連在記憶裡都是迷迷惘惘的。在人生的路上，他完全被打敗了。因爲太疲倦，反而有了寧靜。因爲完全被打敗了，反而得到了解脫。生命的餘燼的最後一爆，燒光了現實，並且燒光了比較眞切的記憶，而幻作奇異的夢裡的光輝，幾乎是聖潔的。安徒生童話裡賣火柴的女孩，在聖誕之夜凍死時看到的美麗的景緻就如同這樣。背景他用別人從來很少用的紫藍色，也是夢裡的明媚，使人發瘋。

表現這時代的藝術，並不需要描寫戰爭，就是他的這些畫，已經把要表現的表現出來了。但人類的歷史既然不終止於這一代，想來總該還有它的另一面的氣候吧。

原載一九四四年十月上海《苦竹》第一期

「土地的綠」

早上有霧，現在又是滿院子滿屋子的陽光。家裡沒有人。窗口的樹還是綠的，早已沒有花，然而仍舊可以聽到花的聲音在叫喊，——看不見的鳥雀的聲音。秋天是使人懷念的，像沉沉下墜的枝頭的天竹子。想起小時候，屋後的溪水比現在深，田畈也就在門前，一切都離人家很近。生在這時代，失落的東西眞是太多了。

吃中飯時我特意叫做幾樣菜，不放油也不放糖，像是鄉下的，有單純的本來的口味。城裡人做菜甚麼都是雜拌，加上味之素，像調色板裡用剩的髒色，厚厚地塗在畫布上做背景的。城裡的豬和雞，山東大頭菜，也是圈起來飼養，用肥料壅得肥肥的，像是塡鴨子，在燒煮成食物以前牠們已經是食物了，不是活的，所以永遠不新鮮。

穿著也一樣。靜安寺廟會鄉下人的攤子上，看到過一雙女鞋，藍緞子，金線繡的飛鳳，含蓄著豐富的感情。小花園鋪子裡買的，一樣是繡花緞鞋，有時脫在床前，空落落的又輕又薄，怎麼也沒有一種溫暖柔滑。有時看到衣櫥裡一襲襲掛著的旗袍，彷彿從來沒有經人穿著過，穿著在身上也依然是身外之物。我喜歡村子裡的女人，常時穿著深青土布衫褲，大袖子，衫長及膝，褲子蓋到腳背。過時過節做客的衣裳，也有緞子的，綢子的，大紅或寶藍，都是確定的顏色。式樣沒有個性。它不是一個女人的衣裳，是悠久的時代裡女人的衣裳。

如張愛玲說的：「衣服是一種言語」，但言語是說明，也是抒情的，而城裡人的衣裳我總覺得有太多的說明。西洋人造像，男人一般有凸出的肌肉，女人一般有大的乳，也是有太多的說明。我喜歡埃及的雕像《兄妹》裡的女人，是更近於男人的，但也是最完全的女人，有和男人一樣深的自己的宇宙。這樣的女人只在村子裡有，城市裡是沒有的。中世紀的城市裡只有婦人，連少女也是婦人腔。而現代的城市裡則又只有少女，從美國電影裡學來的活潑天眞。

村子裡的人生來是完全的，所以很少說明，像一幅畫，用不著再題字。也有歌唱，可不是史詩，是童謠；也有傳說，可不是神話，是童話。中國村子裡的生活空氣不是《舊約》裡的，是《詩經》裡的。我家門前有座山，小時候聽人說太陽剛出來時松樹底下有一群金雞，人走攏去就不見了。鄰村有個富戶，上代出過穀龍，穀倉裡的穀搬了又滿起來，搬了又滿起來，像井裡的泉水。後來被長工傷了觳龍，一條有角的小蛇，牠走掉了，這家從此敗落下來。我喜歡這種沒有數目字的富的觀念。我甚至喜歡他們的眞命天子的傳說，比革命領袖更可念。還有，夏天的晚上看見掃帚星掠過村子的上空，聽老年人說：「天下要亂了」，這也比從政治經濟來判斷時局更有空氣。

在偉大的東西之前，人覺得自己也飛揚廣大了。在村子裡，像埃及的金字塔，希臘的神殿那樣的東西是沒有的，但也沒有城市裡的嚇人的東西。埃及的金字塔使人感覺眞實，可靠，希臘的神殿是有神的，但是沒有神秘。中世紀的教堂有穹隆的屋頂，幽暗深邃，才是充滿神秘的。而現代的大建築，也一般地使人膽怯，不安，自慚形穢。這樣的東西，其實不過是權力，而權力到底是有限制的。城市裡的人也一樣，不是英雄，就是小家小戶的潔癖，碰一下都不可以，使人得時時注意他的存在：油漆未乾。

而村子裡的是沒有英雄的世界，沒有歷史的悠長的日子。我有個堂嫂嫂，從小做養媳婦，粗細活計都來得，生男育女，家境卻不好，然而她沒有甚麼不滿意，覺得沒有虧欠別人一些甚麼，別人也沒有虧欠她一些甚麼。她就是這麼理直氣壯的。她有吐血的症候，也不看醫生。每年病發，她只在樓上睡，樓上早春的陽光是靜靜的，她的男人在田畈裡，她的孩子在門前大路邊玩耍，在這樣的世界裡不可能有疾病與死亡。

然而三十年來，村子裡的這一切終於破滅了。前些時我忽然想起要接堂嫂嫂出來，幫同照管孩子，我的姪女說她的脾氣後來不好了，常常和鄰舍吵架，疑心病很重，頂會恨恨毒毒地罵人，才得四十幾歲，眼睛也漸漸瞎了。我聽了很難過。這不是她一個人，而是整個村子都倒坍了，連白天田畈裡的叱牛聲都是慌慌張張的。

原載一九四四年十一月上海《苦竹》第二期，署名夏隴秀

男歡女愛

——二十一年在廣西，採集民歌成此篇

男（徘徊江邊）

唱：高山水，跟那流來有恁清？
　　跟那流來有恁好？流跟石底去尋情？

白：她膽怯了？

唱：當初遑情怕路短，哥把麻絲接路長。
　　接得路長讓妹過，路長又怕妹不行。

白：可是有了三心兩意？

唱：新栽竹子望成蔭，新栽竹子望成林，
　　望竹成林遮過畈，妹莫橫枝蓋別人！

白：怎麼還不來呢？

唱：西江水，話給阿妹莫來遲，
蜘蛛結網門頭上，千祈莫壞哥心思！
白：是她來了？
唱：手帕巾，手帕遮面是那人？
手帕遮頭是那妹？轉面過來人看眞！
女（上場，男近前）
唱：莫使性，十隻手指莫近身！
十隻手指莫近妹，才是在行君子人！
男（喜）
唱：走盡江湖走近鄉，得見人乖沒比孃，
得見人乖沒比妹，人乖沒比妹瀟湘。
女（愛嬌）
男唱：歌從遠方遠路來，特意來訪妹花台。
唱隻山歌來問妹，問妹花園幾時開。
女（笑，羞他）
唱：讀書不像讀書人，好遊不像好遊人，

衫袖恁長褲腳短，你有那條高過人？

男白：原來是個浪子呀——

唱：牛角不長不過嶺，衫袖不長不過鄉，

不是毒蛇不攔路，不是浪子不交孃。

女（側身退避）

唱：天風吹落大風坡，這般男人我見多，

這般男人到處有，行過身邊稱嬌娥。

男唱：美嬌娥，莫怪你兄手腳多，

十字路口人罵鵝，未講價錢手先摩。

女（嗔）

白：又來了！（柔和地）安安靜靜的說話吧。

男唱：哥是遠方花蝴蝶，有處飛來無處歇，

偕妹花園宿一夜，不動枝來不動葉。

女（不語）

男唱：出圩買麻歸屋緝，妹你思少哥思多，

九十九條心掛妹，妹有條心掛哥麼？

女唱：一樣心，路遠莫說妹無情，
　只因爹娘管得緊，爹娘不見正偷行。
男白：怎麼不說話？
唱：樹尾動動必有風，水裡動動必有龍，
　妹你見哥迷迷笑，必有情話在心中。
白：在想甚麼？（不安）
唱：叫妹唱歌妹不唱，妹有那條事關心？
　轉面過來告訴哥，自然有話放寬心。
女白：我家裡……
男白：你家裡不答應？
唱：麻雀仔，站田基，
　口啣花蕊墮花枝，
　恁好時年不嫁女，留女梳妝到幾時？
女白：媽媽說的——
唱：你忍心丟娘，去嫁遠方人，
　頭昏肚痛那個看，那個床頭問一聲？

男（沉默）

女唱：石榴花開石榴青，爹娘生妹獨一人，
　　講玩講笑妹有分，哥哥想妹萬不能。

白：怎麼不說話？

唱：叫哥唱歌哥不唱，哥有甚麼在惱姨？
　　有日妹老哥也老，水流東海難再歸。

男唱：當初共情多麼好，誰知今日妹傷心，
　　起初識得莫連妹，免得如今費心神。

白：我知道你是翻悔了。

唱：江水不流爲天旱，情兄失意爲家寒，
　　蕉葉提來做席睡，翻左是寒右是寒。

女白：不要那樣說！

男白：是我枉費心神了！

唱：走路不起因爲你，走路不平因爲情。
　　走出門闌見天日，臉同木葉一樣青。

女（近執手）

男白：你回去吧，我送你——

唱：一送我情過大山，如同滾石落深灣，

石落深灣水推上，妹落入鄉離得還。

女白：我要這樣的永遠在你身邊。

唱：連就連，只講情義不講錢，

講起錢財運不久，講起情義千萬年。

男白：你媽媽？

女唱：離不得，離情是當斷腸間，

寧可當官離父母，給哥分離實在難。

男白：那麼一同出走，走到他鄉他縣。

唱：見妹生得十分乖，十分眉貌九分才，

去到欽州壓了洞，來到南寧壓了街。

合唱：唱歌正是兄第一，風流要算妹當頭，

出去高山打鑼望，聲鳴應過十二州。

原載一九四四年十一月上海《苦竹》第二期，署名王昭午

下編

文明的傳統

第二次世界大戰後社會制度必有大變動。東方人的文明對此將有何種感應呢？

東方文明與西方文明的分界，有人說只是歷史發展步驟的參差，東方有比西方更多的封建文明，加上不及西方的純粹的資本主義文明，所以東方文明的特徵不過是它的落後而已。這說法的不完全，在於太過強調文明的時代性，而忽視其通過各時代的傳統。文明是有它的時代性的，所以這裡邊有許多否定，而其傳統的部分則是肯定的。文明在每一時代都有新的創造出來的東西，一部分是隨著時代的過去而被颺棄了，但也有一部分是加入傳統，這樣一代一代的繼續加入，使文明的主體更增大。這量的增大，作成了質的優越。西方文明在資本主義時代的成就，的確比東方在同時代的成就更多。但東方文明在已往一切時代中的成就，這樣蓄積而成的傳統，卻是大於西方的這文明的傳統，也就是所謂一民族的本來面目。西方人因爲他們的本來面目是單薄的，所以一到資本主義時代，就被資本主義文明所淹沒，資本主義文明成了一切。像美國人，他們的活著幾乎是沒有背景的。東方人的那種遼遠的千年萬代的感情，西方人簡直不能想像，因爲他們都太忙逼，太被現實的事物所佔據了。資本主義時代的事物也眞是具有壓倒的重量的，倘若沒有大的感情，人便被事物的洪流氾濫了去。西方人就是這樣的有太多的理性，太少的智慧，太多的感覺，太少的感情。東方現在可還不至於這樣。

我很慚愧沒有好好地念過日本史，所以記不起是誰了，大約是日俄戰爭時日本的一位艦隊司令官吧，他坐在旗艦上，心裡很靜很靜的，有山河大地的莊嚴。倘在美國人，則一個海軍軍官不過是兵艦的一個部分，人和槍炮的分別，不過一個是會說話的兵器，一個是不會說話的兵器而已。他也可以安閒，但那安閒是從辦事的有條有理，從方法論裡得出來的，和東方人的「好整以暇」，是從感情裡得出來的，到底不同。

現代的鋼骨水泥的建築，大的工廠與機器，嚴重地威脅著人。西方人就是這樣地被自己創造出來的東西所驚嚇，覺得自己更渺小、狼狽了。爲要對這些東西報復，他們浪費，糟蹋；不是物糟蹋人，就是人糟蹋物。東方人對於物的感情可是貞潔的，如《詩經》裡所說，溪澗裡的荇菜，也可以請客，也可以祀神，日本人送禮品，往往是幾色點心，或者一些別的甚麼，用匣子裝了，包在布袱裡，那樣地珍重，雖是富人也不敢損害物的貞潔與親切。對於物，有這麼一種珍重，貞潔與親切之情的，就是活在有鋼骨水泥的建築，大的工廠與機器的時代，也可以不至於人糟蹋物，或物糟蹋人的。

炎櫻告訴我，緬甸有一種祀神的跳舞，全是八歲到十二歲的女孩子，動作很緩慢，因爲很緩慢，每一個動作就是一切，往古來今，全世界都在這兒了。臉上是搽的青色，或者紅色，或者白色，單純而肯定，如晝如夜，連改變一下都不可能的。臉上甚麼表情也沒有，把人想要試探神的念頭全熄掉了。看著她們，你會覺得她們就是神。這完全是東方的。西方雖然也有神，他們的神只是象徵權力，但也不是全能的，耶和華時時有被撒但所否定的危險。東方的神可不這麼世俗，而是宇宙的眞實，永恆的存在。東方文明因爲有這樣永恆地存在著的東西，一代又一代的人只是把新的東西增加進去，所以變得很深。西方文明卻是隨著每一代翻造的，來不及增加一點甚麼進去，又被下一代所否定了。這在藝術上可以看得很清楚。西方的藝術就是淺，比方伸手到水裡，剛剛感覺冷暖，已經到了底。東方的藝術卻給人以跌了進去的那種感情，因爲它是這樣的深。

在西方，人幾乎是爲了制度而存在，所以制度成了一切。只有在一時代的制度崩壞之際，人才開始用理性去尋求一時代的制度以外的存在，如黑格爾的以理性來說明民族精神與世界精神，而歸結於民族精神與世界精神就是理性自身。在他看來，神也就是理性。他的理性是可知的，然而是冷冷的使人惆悵的東西。

在東方，制度可是爲了人而存在，所以就在制度美好的時期，人也生活於這制度之中，而依然對制度有一種游離。東方人的民族精神與世界精神，不重在它是可知的，而在於它是可感的。東方人的神是一個大的安穩，不像黑格爾的理性的最終目的是統治。現在差一點了，在明治維新前後，日本的男人像五月的蜜蜂那樣工作，還有日本女人的很低很低的感情，生活的空氣柔和而明亮，有單純的喜悅。這種男人的勤勞與女人的謙卑，用當時的制度去說明是不夠的，卻是另有他們的生之虔誠。他們的背景是大的安穩，他們是被這個大的安穩所約制。而從這個大的安穩裡也時時迸出大的冒險，生命力的放恣，如同明治維新，日俄戰爭與日清戰爭。

東方人的這種約制的美，在西方人是沒有的，他們有的只是拘束與限制，如黑格爾所說的統治。而東方人的這種生命力的放恣，在西方人又往往成了玩世不恭的無所不爲，或賭博式的認眞。東方人生活於一個時代，同時生活於一切時代之中，而西方人則只生活於一個時代。他們的資本主義文明，就在全盛期，也不過使人新鮮，沒有使人安穩過。全盛期一過，即刻可以看出他們的人生的虛無，有英國小說家赫克斯萊所感到的恐怖，而在這虛無的底子上，是德國人的賭博式的認眞，美國人的遊戲式的冒險。他們缺乏可以記憶的東西，資本主義文明的毀滅，在他們幾乎就是文明的毀滅。

對於東方人，資本主義毋寧只是一種制度，自然更不是文明全體。這制度給了東方的文明以新的養料與空氣，但東方文明的傳統並不因此被否定了。日本在這方面有可驚的成就。明治維新也是資本主義革命，卻有和西方的資本主義革命顯然不同之點。法蘭西大革命盡有人性的昂揚，但也在那時候，流行著徹底的無神論。而明治維新那一代的人則就是神。日本有明治神宮，法國有的只是凱旋門。日本的國歌《君之代》比較法國的國歌《馬賽進行曲》，有更單純、廣大、悠久的感情。和明治維新的志士比較，法國大革命的志士，不過是龍齒的故事裡從地下迸出的一群武士，一種沒有前朝後代的慷慨激昂。

梁漱溟研究東方文明，只講到印度與中國，沒有講到日本，這不僅是一個疏忽，而是對於從歷史去考察文明的根本觀點的無知。東方文明有它優越的傳統，不被一個時代所限制，也不被一個時代所否定，但它是通過一個時代又一個時代，通過一個制度又一個制度的。在這行程中，倘然有一個時代與制度它不能通過，那它是要中斷或者衰落的。印度的文明就是這麼地中斷了，中國的文明就是這麼地衰落了。東方文明通過資本主義的世界潮流，而不被限制，不被否定，也只有通過這潮流，才更深更廣地成長著，這必須從日本的歷史上考察，才能懂得。對於一個不健康的，文明傳統單薄的民族，共產主義和資本主義一樣帶來的是無神論。東方人特別不能忍受的，是物的紀律對於人的那樣嚴格的拘束，使人生不能有一點放恣，和人的感情變成空白，甚麼約制也沒有的那種玩世不恭。我讀過一些左傾文人的戀愛小說，就在戀愛裡他們都是有目的的，沒有人生的放恣，也沒有人生的約制，在美的事物之前的那種謙卑，沒有昇華，沒有靜靜的喜悅。看西方人的學說與藝術，總是一代否定一代的，每一代都有它的嶄新的生活空氣，然而不免使人惆悵。不過在東方，像日本那樣，既能安穩地度過資本制度，想來也一定能安穩地度過另一種新的制度的。這新的制度來到之時，將作一個文明的本位來接受呢，還是僅僅作爲一個制度？這全要看那時候日本文明的傳統的健康狀態了。

我不是共產主義者，也不喜歡現在的那些共產黨員，並且對於馬克思的忽略人類在歷史的進程中肯定的繼承的一面，總覺得是一個大的遺憾。馬克思說到的繼承的一面不過是生產力的部分。他說到的人與人的關係不過是統治關係。所以他說到藝術，也只注意到它的可說明的部分，沒有注意到可感動的部分。而可說明的究竟是有限的，只有可感動的才是無限的，有它的永恆。共產主義絕不能是文明的全部，而是不過和已往的許多制度一樣，增加一點東西到文明的傳統裡，使它成爲更肯定，更完全。所以我現在不講主義，只提出問題，和解決問題的辦法。在我看來，任何主義都不過是一種制度而已。而人類的文明，是有它的超制度的存在的。

現在的時代的要求是世界殖民地制度的解消。世界殖民地制度不但使落後民族墮落，也使先進民族墮落，所以落後民族內部要求擺脫其殖民地半殖民地身分的鬥爭，和先進民族內部要求擺脫其帝國主義的性格的鬥爭，是一致的。這就是我所期待的世界革命。世界革命的當前任務是停止帝國主義戰爭。中日兩國現在要單獨和平或停戰簡直是不可能的，因爲中國的地位已由世界戰場的邊緣漸漸變成了世界戰場的核心。所以中國非有革命的政權，世界和革命的威脅帝國主義戰爭，是不能夠阻止帝國主義之以中國爲戰場的。世界革命是要以政治來停止世界戰爭，不讓世界戰爭延長到自然終了。倘若來不及做到以政治來停止世界戰爭，至少也可以做到以解放運動來處理戰後的國際，不讓帝國主義者以分贓的方式來處理，如過去的凡爾賽條約。就中國來說，革命的任務不但是停戰的問題，還有戰後復興的問題，倘若來不及做到停戰，戰後的中國也還是需要一個革命的政權，和世界革命的幫助，才能打開一條復興之路的。

這世界革命是中國的和中國以外的殖民地半殖民地國家的解放運動，和帝國主義國家內部的工人解放運動。這兩種運動是一個革命。它一定要改變生產關係的。它是歷史的另一個黎明，而在這黎明的光裡所照見的，東方人到底還是東方人，西方人也到底還是西方人。世界革命給它所能給的，而各民族得到它所能得到的。所謂民族精神和世界精神高度的統一，也不過如莊子說的「偃鼠飲河，不過滿腹」的意思。

梁漱溟以爲一時代的制度就是文明自體，所以他懼怕資本制度，也懼怕共產制度。爲要迎合東方文明，他造作了村治，而他的村治到底是營養不良的。類似這種迎合的造作與固執，都只能使文明僵化而已。其實懼怕甚麼主義，和歌頌甚麼主義一樣，都是教授的事，眞的革命者是很少注意到這些的。明治維新，和辛亥起義，當時的人都沒有想到是在幹的資本主義革命，他們只是依照時代所啓示的幹。這種生命力的放恣，幾乎是沒有目的的。黑格爾和馬克思極力要把這種不自覺的幹法，作成自覺的，可以說明的東西，可是人生也因此變成有限的了。政治和藝術一樣，藝術上也有許多主義，但大的藝術家是從不想到自己是甚麼主義者，也因爲如此，才能如杜甫說的「下筆如有神」。西方人把人生看做事務的存在，甚麼都可以安排的，可以安排的東西是不能超過自己的。然而人是常常會得超過他自己的，時代也常常會得超過它自己的。這超過自己，就是昇華。昇華的東西，它的自身就是目的，就是說明，連名字都是身外之物。近來的日本人彷彿也有點西方人的趣味，一次在漢口，有一位日本文人問我所認識的一位中國作家，是文學的甚麼主義者，我簡直答不上來。這樣的問題是連那作家本人都答不上來的。現在章津先生又問我是政治的甚麼主義者，我所能答覆的也只能如這篇文章裡所說的，我所做的只是神意。但我得聲明，我不是任何宗教的教徒，也永遠不是的。我所謂神意，只是東方人的那種千年萬代的感情，在人生的大的安穩裡的一種約制的美，也從這大的安穩裡時時迸出的大的冒險。這就是一切。

原載一九四四年十一月上海《苦竹》第二期，署名敦仁

中國文明與世界文藝復興

一

中國現在，非有一番大作爲，不能打開局面，可是人們一點動靜都沒有，這眞是焦心的事。爲甚麼是這樣的呢？是因爲沒有領袖嗎？我以爲絕不是，領袖本來是在運動中產生的，不是先有領袖，後有運動，好比必須有一山的草木，其中才有大樹。前人所謂深山大澤，實生龍蛇，龍蛇是要深山大澤來養的。

是因爲沒有理論嗎？我想也不是，眼前的理論水準，實在比以前高出許多，譬如梁啓超的論文，胡適之的論文，現在來看，可以找出許多幼稚的地方。可是雖然幼稚，而有活氣。魯迅的論文，比他們進步得多，可是怎麼也有一種蕭颯，他的高是孤高，他的深是深刻的深，沒有熱鬧。我從前寫的詩句：「百年常苦短，急絃不可彈」，魯迅的便是這樣子不可以久的，吳季札至周，聞絃歌而知雅意，爲奏齊樂，曰：「泱泱大國之風」；沒有泱泱大國之風的社會，出了魯迅，也只好讓他孤單。

梁啓超與胡適，能引起運動，而魯迅不能，可見這不只是理論的事。論文，是得有人讀的，五四時代，蔡元培爲了梁漱溟的一篇哲學論文，就請他去當北大教授，青年爲了專聽一個教授的課，路遠迢迢地轉了學又轉學，心愛一個人的文章，對這個也說，對那個也說，像孩子心愛他的玩具，睡裡夢裡都惦記著，一早醒來就在被窩裡找著它。就是做工的人，種田的人，做生意的人，也有一種氣象，那個時代，是街道、工廠與田畈都明亮的，晴天也明亮，落雨天也明亮，落雨是落的白雨。所以梁啓超胡適他們能引起運動，孫文陳獨秀他們，還能引起北伐。

北伐因爲夭折，此後就變成陰慘慘了，有好幾年，大大的譯書，社會科學比已往提高了許多，然而不能作成一個時代的結論，而過去梁啓超他們，多少是作成了一個時代的結論的。魯迅晚年，被尊爲前輩，像前人詞裡說的：「西風殘照，漢家陵闕」，有巍峨的過去，然而是荒涼的。

這種荒涼，是蔣介石與中國共產黨造成的。專制使人變成冷嘲，所以只能有魯迅，不能有彌衡。鸚鵡洲有彌衡祠，一次黃昏時候我經過，聯想到魯迅，把兩人比較，覺得魯迅還是工於心計，而彌衡是沒有心計的。所以魯迅自衛，而彌衡衝擊，自衛者不足，衝擊者有餘，一個民族要能飛揚跋扈，而飛揚跋扈是出自人生的有餘。至於中國共產黨，叫人別的甚麼都不要，只要革命，把人生看得非常之潦草，潦草便不能莊嚴，因此也不能飛揚跋扈。

我喜歡杜甫的詩句：「飛揚跋扈爲誰雄」，一種沒有目的的放恣。中國人氣象最好的時代是漢唐，可是唐朝人能超過自己，漢朝人不能超過自己。漢朝人的生活空氣，是繼承《詩經》的，漢朝人留下來的石人石馬，有大的感情，可是沒有顏色。而唐朝人的生活空氣則是繼承六朝文的，有漢朝人生活的底子，而加上印度來的顏色，當時的壁畫眞是生命的華麗。所以漢朝人安穩，而唐朝人飛揚跋扈。唐朝人的飛揚跋扈不是日暮途窮的發狠，就因爲有華麗。所以魯迅晚年，喜歡唐朝人的故事。而沈啓无的讚揚六朝人的生活氣，我也認爲大有道理。

中華民族要復活，首先要復活這種飛揚跋扈的氣象。中國共產黨的不是飛揚跋扈，而是發狠。蔣介石的也是發狠，——吳稚暉曾經以襲人稱呼寶玉的親昵口吻說：「我們那一位就是狠」。發狠本來不是男子漢的行徑，蔣介石與中國共產黨都因爲不過是時代的偏房，所以狠毒，還各人訓練了三民主義青年團與共產主義青年團，恰像術士把童男童女的魂魄攝了去做楊柳人，一般也能興風作浪，但到底不是活的。

歐洲中世紀的文藝復興，是回到希臘，這回到希臘，並不是復古。中國現在要文藝復興，得回到唐朝，這回到唐朝也並不是復古。魯迅晚年懷念唐朝人的生活空氣，雖然只編了《唐人小說》，這裡可正有著一個啓發，是魯迅自己所沒有想到的。

二

自從日本兵打到中國，中國人當中就有一派主張擊滅西方文明。有一個時期，在有幾處地方，連英文字都抹掉，還有因爲弄不清楚，連德文字也抹掉的。我非常懷疑那些人，他們是甚麼文明都沒有的。

凡是文明，總不能被擊滅，卻是應當發展它，使之更完成。我想東方文明與西方文明，並非水火不相容的，卻是可以統一起來的。古時候希臘文明傳播地中海沿岸，地中海沿岸原來的文明，不因此被擊滅，而是被刷新了，被吸收了進去，成爲希臘文明的花花葉葉。要提倡東方文明的話，也該有這種氣象，不但不應當說擊滅西方文明，就是拿東方文明來對抗西方文明，都是愚蠢。

東方人與西方人最大的不同，在於東方人有神，西方人沒有神。前次大轟炸，池田篤紀非常惦記我，路遠迢迢寫信來說，「大兄行止若神明，知必平安」，我很喜歡這話，不說有「神佑」，而說「若神明」，這就是東方人的神，東方人因爲有神，所以沒有宗教。西方人因爲沒有神，所以有宗教。

日本人的茶道，席地坐在極單純疏朗的房間裡，心無一物，珍重地煎，珍重地喝，不多幾杯，沈啓无說這是「發現自己」。東方人也有宗教，但從這宗教裡是發現自己，而西方人的宗教，則是去發現主人。西方的其實是主人。

但東方文明也確實需重大地刷新一下。因爲要心無一物，才能發現自己，而東方又有太多的神秘，這乃是障，應當破除的。所謂心無一物，並不是消滅物，而是消滅物障。東方人的神秘，幾千年來就因爲在這一點上弄不清楚，應當說明物見性，而印度哲學卻教人明心見性，意思變成要消滅物。中國的儒家，說要「格物致知」，致知不是見性，而致知是永遠不能完成的，如莊子說的，「吾生也有涯，而知也無涯」，所以弄到王陽明格竹子廢然而返。致知是永遠不能完成的，而人生要求完成；見性才能完成。所謂見性，其實就是發見自己，如《紅樓夢》裡賈寶玉說的，「任它弱水三千，我只取一瓢飲」，有一種滿足的餘裕。但也必須有「一瓢」，印度哲學連這「一瓢」也不要，所以沒有餘裕而有寂滅，不能明物，也就不能見性，只好涅槃。

所謂明物，是從認識物去解脫物的障，西方人認識的也不能解脫物的障，他們的認識物而去解脫物是「格物致知」，而東方人則爲要解脫物的障而去認識物，而西方人不能見性，而東方人的見性又落於左道旁門。清末有「中學爲體西學爲用」說，這不是挽救之方，因爲明物見性是一件事，分爲體與用是不通的。梁漱溟說東方人應當接受西方的科學，但他在這一點上的立論也沒有跳出「格物致知」說。

東方人憑空要解脫物的障，而不知道去認識物，所以在認識物的一點上，東方人是應當對西方文明謙遜的。東方人跟西方人學得了認識物，也應當教給西方人解脫物的障，而作成世界的文明。世界的文明就是教人類這樣子去發見自己。

而這正是中國文藝復興運動的課題，也是世界文藝復興運動的課題。像現在這樣子打仗，只在那裡報仇雪恨，你要擊滅我，我要擊滅你，即使擎文明之旗而行，也不過等於十字軍，只能創造傳奇，不能創造世界文明的。傳奇能慰藉人，也只在夜裡燈光底下，而人類卻是在要求著黎明。

三

世界戰爭，是世界文明嚴格的試驗。文明破壞，才有戰爭，而戰爭又在使已經破壞的文明繼續遭受破壞。但文明總不至於絕滅，所以破壞的也只是它可損傷的部分，還有千錘百煉怎麼也破壞不了的一點是甚麼呢？這一點留下來的種子，日後生發開花，又是怎麼的呢?

一般唯物論者說,這破壞不了的一點是生產力的根芽,日後生發開花,是社會主義的社會。這話並不錯,可是沒有提到人,這時候人到哪裡去了呢?人是生活於物的世界的,但生活於物,並非生活即物。就說生產力吧,它在戰爭中是只有被破壞,然而人,在戰爭中被破壞,同時也在戰爭中有獲得,否則不會有革命。革命不是破壞的現象,而是從破壞的現象裡的生發開花。這生發開花的種子,絕不是生產力的根芽,倒是這種子保證了生產力的根芽的不截絕的。

這破壞不了的一點種子,乃是人類文明的傳統。文明的傳統是人類千萬年在物的世界生活下來的昇華。昇華的東西,倘使長時期離開物,是要枯萎的,但短時期離開物,它仍然能存在,使人分外覺得物質世界的破壞不可忍受,而要求重新創造。馬克思也講傳統,但他講的是物的世界的傳統,生產力自身要求歷史的發展;所以叫做唯物史觀。他沒有觸及這昇華的東西。他的唯物史觀,動力是生產力與生產制度的矛盾,沒有觸及這昇華的東西與現實的物的世界的矛盾。

唯心論者感覺到了在這現實的物的世界之外還有別的東西,然而他們不知道這東西是甚麼,以爲是不可知的神意,以爲是可知的「世界理性」,以爲是心。所以他們一一都被馬克思打敗了,唯心的一元論也被打敗,唯心唯物的二元論也被打敗。然而人類千萬年在物的世界裡生活下來的昇華，這傳統的東西，馬克思可不能打敗它。這文明的傳統，倒是確定了馬克思的學說不過如同哥白尼的學說，達爾文的學說，是偉大的，但是還可以有更偉大的。

世界文明的歷史，就西方來說，巴比倫埃及的文明是一個時期，希臘的文明是一個時期，羅馬的文明是一個時期，中世紀基督教的文明是一個時期，文藝復興的文明是一個時期，十九世紀以來的文明又是一個時期。這幾個時期的文明，各有其特色，希臘的好比黎明，而巴比倫與埃及的則好比一個有好太陽的悠長的日子，人只覺得是無窮無盡的，不但沒有想到黎明或黃昏，連是甚麼季節都不去想它。羅馬過的日子，是按部就班過的日子。中世紀基督教的文明，仍然是以羅馬的文明做底子，而有點接近巴比倫埃及的文明，然而不及羅馬，也不及巴比倫埃及。文藝復興期的文明，是接近希臘文明的。十九世紀以來的文明是接近羅馬的，並且高過羅馬文明。

就東方來說，印度的文明有點接近巴比倫埃及的文明，中國的文明是巴比倫埃及文明與羅馬文明的中和，日本的文明是巴比倫埃及文明與希臘文明的中和。

巴比倫埃及的文明有神，希臘式的文明有人，而羅馬式的文明則只有人事。希臘的與羅馬的是文明，而埃及的與巴比倫的乃是文明的昇華。文明容易破碎，昇華的東西可是最耐久的，巴比倫埃及與印度文明的耐久性，唯物史觀解釋不了它，連馬克思也只能把它歸到「亞細亞式的生產關係」去考察，說得非常之含糊。

中世紀歐洲文藝復興，是通過希臘式的文明，與十九世紀羅馬式的文明中和。中國六朝的文藝復興，是通過希臘式的文明，與印度文明中和，作成唐朝的文明。唐朝的文明是金碧輝煌的，比漢朝的文明高。漢朝的文明是接近羅馬文明的，不過比羅馬文明更有一種原始的可愛處。

二十世紀以來世界的文明已類似羅馬文明的末朝，中國的文明，其有原來羅馬式的文明的成分很重的，現在是更重了，連日本的文明，其中羅馬文明的成分也漸漸加重了。所以無論是中國日本，無論是全世界，將有一個文藝復興運動要來，通過希臘式的黎明，走到巴比倫埃及印度式的有太陽的悠長的日子。梁漱溟讚揚印度文明，說西方文明是人我對立，中國文明是人我和諧，而印度文明則是人我兩忘，並且說，世界文明將來必定進步到中國的儒家，再進步到印度的佛家的。但他只瞭解印度的哲學，並不瞭解印度的藝術，而印度的藝術其實是高於她的哲學。他特別提出人我兩忘，而用禪宗來解釋，恰如說的「菩提本非樹，明鏡亦非台」，小小的辯才的滿足，沒有甚麼意思的。印度哲學的好處，在於它用邏輯，而否定邏輯，最後訴之於藝術的境界，叫做圓覺。但這圓覺，在哲學上來說是一個革命，而在藝術上來說，卻依然是邏輯的氣味太重。人我兩忘不過是解脫，但解脫了出來的東西是甚麼呢？印度哲學這就說不清楚。其實倘用藝術來說，原很明白，這解脫了出來的東西便是人生的昇華。

梁漱溟說的中國的儒家，其實羅馬文明的氣氛很重，沒有甚麼可喜的。新時代的文藝，絕不是從羅馬文明到印度文明，因爲現在正是全世界的羅馬式文明在崩壞，現在需要的是一個新的黎明，類如希臘式的黎明，此後不再走回羅馬式文明，而走向巴比倫埃及式的文明。就中國來說，是要恢復六朝到唐朝那種人生的氣象。

四

蔣介石的元旦演說，我很同情，可是不喜歡，因爲讀它只使人的心往下沉，抗戰抗到使人的心只往下沉，是很不祥的。中國不斷有外侮，動不動說要臥薪嘗膽，引越王勾踐做例子。其實這例子並不好。《越絕書》裡越女教劍的故事，是一個神話，那地方還出過西施，紵羅山的溪水明媚。有神話，有明媚的春天的國家，是有餘裕，有生命的飛揚的，所以有作爲。勾踐長頸烏喙，看樣子就知道他是個嗇刻的人，他的臥薪嘗膽是沒有氣象的。范蠡才是個人物，落後他一離開越國，越國從此就沒有了聲音與顏色。

叫人「勵志雪恥」，是把人生看做償還；報恩是對人欠債，報仇是對自己欠債。倘使生命力飛揚，它一定超過恩仇；倘使生命力是萎縮的，則日子久了，恩仇的話也只使人厭倦而已。所以蔣介石也怨歎中國人民「忘掉了抗戰初期死中求生的決意」，這種決意本來是不可久的，因爲生命要求餘裕。前人說的「兩軍相對，哀者勝矣」，哀是超過報仇的，報仇只有慘厲；哀是感情的有餘，慘厲是感情的不足。所以悲哀有一種美，而慘厲則只能作成戾氣。

我勸人不要學勾踐，還是多看看從晉到唐中間這一段歷史。東晉的人，雖在顛沛之中，仍能文采風流，因爲他們有人生的餘裕。也是憑的這一點，所以司馬氏雖然亡了朝代更迭又更迭，漢民族卻能通過五胡之亂，一節一節地開出花來，結成唐朝的文明。梁武帝一家，他們的才華眞是漢民族的光榮。他們盡有生命的華麗。生命的華麗比力好，華麗是施捨，而力則是取得，所以華麗常有餘裕，而力常不足。梁武帝一家，是施捨給唐朝的文明最多的，雖然因爲有給無取，他們本身沒有事功。勾踐有事功，可是他甚麼都沒有留下。

現在主持戰爭的人，都是爲了要保存朝代，不是爲了要發展一個民族的文明。所以打了敗仗，總是想做勾踐，叫人要堅苦卓絕，最好連紙煙也不吸，甚麼都拿去「奉公」，逼蹙在鬥爭中，而不能超過鬥爭，這樣子沒有廣大的人生氣象，是甚麼勝利都不能有的。生命力該是從鬥爭裡溢出來，不該是拿生命力去補足鬥爭。戰時的日本人還有慷慨悲歌，中國人現在可是甚麼都沒有，雖然強調「軍事第一」也無益。

中國歷史上有兩個時代，一個是戰國，一個是六朝。戰國時代燕趙多慷慨悲歌之士，這比現在好。但慷慨悲歌也不過是才氣，才氣使戰爭有聲有色，可是不能超過戰爭，勝利了也是事功的。偉大的是六朝時代，那時代幾乎無事功可言，可是給了漢民族的文明以最高的完成。原來代表漢民族的文明是《詩經》，但《詩經》裡的還是人事的昇華，不是人生的昇華。這人事的底子，後來被極素樸地提煉出來，便成了墨翟的學說。莊子擷取了昇華的部分，解脫了人事，而不能從解脫人事走到更廣大的人生，所以他的是逍遙遊，而不是生命的飛揚。墨翟不過有才力，才力是有取無捨的，他講兼愛：「兼相愛，交相利」，從交相利出發的依然是事功。但莊子的也不能說是才華，才華是才情的昇華，而他沒有情，才華是布施的，而他沒有取，也沒有給。戰國時代的慷慨悲歌，也仍然是以人事做底子的，所以近於墨。從人事的底子裡出來的，只能有悲壯，不能有悲哀，也有頌揚，可是他們的頌揚是佩服，不是歡喜讚歎。悲哀與歡喜，是從人生裡出來的，從人事裡只能有快樂與苦痛。

儒家的是才情，孔子說的文質彬彬，有文采，但底子還是人事，不是更廣大的人生，所以止於才情，不能有才華。說明這種才情的是《禮記》，漢朝有《禮記》，猶之乎羅馬有法律，比較起來，《禮記》還是近於人生的，而羅馬則徹頭徹尾只有人事。但因爲都是人事的底子太重，所以我說漢朝的文明是羅馬式的文明，無論發展到怎樣高，也是世俗的。

漢民族的文明，從人事裡解放出來，走到更廣大的人生的，是六朝。魏晉時代，人們要求解脫人事，所以流行黃老，但也只能做到莊子的逍遙遊，不能有生命的飛揚。後來這解脫人事的要求，與傳進來的印度文明結合。印度文明給六朝人的影響，不是它的哲理，而是它的藝術。在哲理上，印度的也比莊子高，莊子的只講到解脫人事，而印度的則並且講到解脫人生。解脫人事不是抹殺人事，倒是叫人更有處理人事的餘裕，所以黃老之徒，其中很出了些最合處理人事的高才，漢魏的名臣多是黃老一派，他們比後世孔子之徒當中出來的名臣更有本領。黃老的小乘，是申韓的法家，處理人事尤其精明。印度的學解脫人生，但因爲要解脫人生的緣故，把人生的各方面都踏看了，因此很發見了人生。印度的小乘，是許多迷信的感情化，對於人生的愛幾乎到了固執的程度。

人事到底是不能解脫的，黃老要解脫人事，從中卻發現了人事的超過它自己。人生也是不能解脫的，印度的哲學要解脫人生，從中卻發見了人生的超過它自己。人事的超過它自己，從中出現的是理性，而人生超過它自己，從中卻出現了藝術。理性是鬥爭的，而藝術超過鬥爭。藝術自身就是完成。印度藝術給六朝人最大影響的是顏色，使人生突然變得華麗了。華麗是人生的有餘，幾乎到了奢侈的程度，然而人生是永遠不會太奢侈的。因爲有餘，所以能超過鬥爭。

馬克思說一切都在鬥爭中存在，在鬥爭中成長。這也只是從人事的底子出發的話，它是理性的，不是藝術。倘就人生來說，就不這樣。人生不是存在的，而是永生的。不是發展的，而是完成的。鬥爭是一個打倒另一個，好的代替壞的，可是藝術裡沒有這種對立，好像太陽，它把甚麼都燃燒起來，連灰塵也成了火燄。一個藝術家，他把甚麼都變成了藝術品，使最壞的人也聖潔了，不是光明的東西打倒黑暗的東西，也不是好人打倒壞人，而是使黑暗的東西也成爲光明的，使壞人也變成好人。這層道理，不是宗教徒的叫人懺悔說明，只有藝術的作品可以說明。我們不能忍受一個壞人，然而在藝術的作品裡卻會叫你忍受他，對他不是快樂或苦痛，而是歡喜或悲哀。

歡喜是崇高廣大的，悲哀也是崇高廣大的。委委屈屈過一生，而原諒了一切，漢朝人是不這樣的，六朝以來才常有這種人。吳漢殺妻的戲不是漢朝眞有這樣的事，卻是後人編的，那王氏，眞是死得委屈，可是她饒恕了他的父親，也饒恕了她的丈夫和婆婆。這種在漢民族的女人的身世中特別表現得顯明的委屈，並不是被壓迫喪失了反抗力所能說明，也不是宗教的贖罪說所能說明，而是六朝以來人生的突然廣大，高也高不到盡頭，低也低不到盡頭，卻永遠是有餘裕的，所以能度一切苦厄。

沒有歡喜與悲哀，只有快樂與苦痛，這樣的人永遠是逼蹙的，沒有放恣，沒有華麗，素樸到只有人事，最後會弄到這人事也只是事功，沒有一點人味。這樣的人就是作爲事務人材來說，也是事務人材當中最低能的，又哪裡能轉移時代，給一個民族以生發的氣象？說「軍事第一」，就是把人生局促於戰爭裡面，局迫於戰爭裡面的只能被戰爭解決，不能解決戰爭，我們不要讓人生被戰爭所解決，卻是要以人生去解決戰爭。現在盡說戰爭戰爭，事實上戰爭已經發展到另一個局面上去了，中日戰爭現在也已經不是誰勝誰敗的問題。無論中日戰爭，世界戰爭，現在都已經走到了一個混戰的局面，而人類正遇著了歷史上另一個更大的試探。只有人生能解決人事，只有以人生做底子的文明能解決戰爭，並且解決戰爭所不能解決的問題。現在世界的文明，連中國的在內，都是拿人事做底子的文明，所以我說這是羅馬式的文明，漢民族從前的六朝和唐朝有過的拿人生做底子的文明，比這羅馬式的文明要崇高廣大得多。要人從現實的戰爭與混亂裡解放出來，無論是幹的政治或經濟，戰爭或和平，先得把人生從人事裡解放出來，才能有大的感情與智慧。

五

日本人頂喜歡把中國人分成親日派、親俄派、親美派，很少注意中國是不是還有親華派，但也難怪他們，中國人對於自己這個民族的感情現在確是破破碎碎的。他們親日反美，或者聯俄親美反日，總是在親人家反人家之中討生活，過人家的日子，不是過自己的日子。漢唐時代雖然也有外患，有征伐，有和親，但還是過自己的日子，中國現在，固然是外患太重了，但五胡亂華時代外患也有這麼重，然而漢民族當時處在異族之中，如同一幀深粉紅紙上描金的畫，用織綿裝裱做背景，雖然背景粗糙，而畫自身仍有它廣大的華麗與「幼小的圓滿」，爲甚麼漢民族現在盡有背景，而開不出花朵來呢？不但對外國，或親或反，各有各的派，就是同在一朝，也各人有他的系，青年又各人有他的黨，總是替人家做人，不是替自己做人。現在眞該重新發見人。中世紀歐洲文藝復興有「人的發見」說，後來的人把它解成「個人的發見」。「人的發見」，應當是「人生的發見」的。

因爲不能發見人生，所以提到一個時代，總是說封建時代、資本主義時代等等，而因此，也解脫不了一個時代，建設不了一個時代。法蘭西大革命當時，人們簡直沒有想到是幹的資本主義革命，卻是說的自由平等與光明。自由平等與光明這些字眼，可以是革命的，也可以只是宗教的，這些字眼之所以是革命的，絕不僅是因爲體現於對專制政權與基爾特制度的鬥爭中，更主要的還因爲是體現於當時藝術的完成中。解脫時代創造時代的，並非羅伯斯比爾或拿破崙，更偉大的乃是盧騷和伏爾泰他們，如古詩裡說的「如壟生木，木有佳陰，如林鳴鳥，鳥有好音」，是他們的佳陰與好音作成了春天與夏天。當時的法蘭西人，因爲有廣大的人生，所以有處理事功的餘裕，而這也就是革命。盧騷與伏爾泰走在拿破崙與雅各賓黨人的前頭，悲多汶與歌德也走在俾斯麥的前頭；在事功的前頭，藝術已經完成了。藝術的完成，啓發了事功，也保持事功，並且超過事功。中國近代，也是五四運動走在北伐的前頭，前者是比後者更廣大的，因爲前者是人生，而後者不過是事功。

馬克思的唯物論，其實是事功論，它使人更明白了自己是在幹的甚麼，然而並不使人在感情上更懂得了人生。俄國的布爾什維克明白自己是在幹的社會主義革命，然而他們的革命，是俄國人的廣大深厚的感情裡培養出來的。這一般俄國人的廣大深厚的感情，從普希金、涅克拉索夫、托爾斯泰、屠格涅甫和契訶夫他們啓發出來，和普列漢諾夫列寧他們的理論簡直很少有關係。理論只能使人覺得對，然而不能使人愛。光是覺得對，是不能使人革命的，就是使人對於現實有憎惡，也不能就革命，使千萬人起來革命的是人類的大的感情，人生的愛悅。法蘭西大革命之後，政治曾經倒退，然而藝術還是一直在發展，因爲這個緣故，法蘭西在反動的拿破崙時代，比俄國在反動的史大林時代，仍能有一種森森細細的美，又如同晴天的午飯，清新健康。也因爲法蘭西革命的事功是從人生裡啓發出來的，所以雖然不大明白自己是在幹的甚麼，可是也因此不以事功去拘束人生，而隨著人生的廣大，事功也超過了它自己。俄國布爾什維克的革命，明明白白教人知道自己是在幹的甚麼，結果是事功規定了人生，而隨著人生的被傷害，事功也不能超過它自己。所以就事功來說，史大林比拿破崙黯淡。拿破崙的反動，只是摧殘了革命的事功，而史大林，則連革命的生機也摧殘了。拿破崙之後有一八三〇年的革命，又有一八四八年的革命，史大林之後，俄國的革命也將再起的，可是一定彎曲慘厲得多，不能那麼燦爛華麗的。

這一層，馬克思和列寧也得負責，史大林不過是他們的不肖門徒，但到底還是門徒。馬克思和列寧的學說只做到格物致知，不到明物見性的境界。明物不是格物，格物不過是明物的小乘；見性也不是致知，致知不過是見性的小乘。馬克思和列寧證論了人是生活於物的世界的，如同魚之生活於水的世界。但他們不進一步去發見「至人相忘」，如同「魚相忘於江湖」的境界。所謂「至人相忘」，並不是說的幾個哲人，而是說的千萬人的生活於物的世界而相忘於物的世界，也是因爲這樣，所以不但是生活，而且有人生。馬克思和列寧只做到了「生活的發見」，沒有做到「人生的發見」。他們很少說到藝術，而他們的門徒則以一貫的格物致知來說明，不懂得人生是藝術，而以爲生活是藝術。他們之中，最有藝術氣氛的是托洛斯基，他曾經反對文藝政策，不承認有所謂無產階級文學，幾乎把藝術從生活裡解放出來了，倘再進一步，是會走到人生的發見的，然而因爲忠於馬克思，他就此止步了。

史大林也不過摧殘了革命的事功，而革命的生機是在列寧時代就已經損傷了的。巴爾扎克有一篇小說，寫拿破崙的軍隊從莫斯科敗退，一路雨雪泥濘，狼狽不堪，忽然遇到一個逃難的女娘，兵士們的眼睛都明亮起來了，用搶劫來的猩紅毯子包裹她，載在馬車裡一同走，細心細意體貼她，唱歌取悅她，幾乎奢侈到了諂媚的程度，把她看成神。俄國革命的內戰期間，也有類似的故事，好像是《鐵流》裡的，描寫一隊紅軍，強力通過白軍的地區，也是這麼狼狽不堪，不知道從哪裡得來了一架留聲機，只有一張笑片，在馬上一路走一路開，兵士們都跟著笑了起來，無止無休的笑，完全瘋狂了。從這兩個故事裡可以看出，俄國就是在光榮的列寧時代，已經不及拿破崙潰敗時代的法國有人人的餘裕，飛揚與華麗。

清末以來，中國和外國接觸，物的世界擴大了，並且對於中國人完全是新的。因此中國人的生活不得不改變，不得不下一番格物致知的工夫。格物致知是爲了生活，可是人還是該相忘於這新的物的世界，如同魚相忘於江湖，同樣該相忘於海洋。要這樣人才有生活，而且有人生。這相忘的境界，是人生的愛悅。莊子說的「魚之樂」還只是快樂，不是愛悅。愛悅是無可奈何的，只能如此的；無須補足，無須安排，所以也是解脫的。所謂無可奈何，是我在《遠世之言》裡說的生命的生長不已，不可限制，高也高不到盡頭，低也低不到盡頭，如《詩經》裡的「子兮子兮，如此良人何」的那種無可奈何。無可奈何是一個永生。因爲無可奈何，所以只能如此。魚相忘於海洋，也並不比相忘於江湖更偉大，因爲巨大的東西是可以量的，偉大的東西不可量，偉大的東西都是只能如此的。只能如此是一個完成。懂得偉大的東西只能如此，就能知道進化論的不完全。印度的小乘是迷信，在迷信裡有情；而歐洲的進化論與唯物論其實也是小乘，它所有的只是明理。迷信之所以不好，是因爲它的明物見性，格物的底子太差，如同一塊料子太壞的畫布，上面盡有美麗的抒情，然而日子一久，畫布霉爛了，畫面也不能不剝落損壞了。但光是格物致知，人便只有生活，沒有人生，變得不能在物的世界裡相忘了。被限制於格物致知，人將疲於逐知，而且被物所逐。馬克思說資本主義社會，是人被機器支配，合理的社會應當是人支配機器，也並且說人類被歷史約制，而人類也創造歷史。這是他高的地方。但他說的人支配物的世界，仍不是人相忘於物的世界，支配是有計算有安排的，夠不上人生的放恣。他說的創造歷史，也是規律的意味太重。他這規律，是繼承黑格爾的世界理性的，但世界理性有漸變，有突變，而沒有窯變。可是人生有窯變。人生的窯變就是池田篤紀說的「行止若神明」。

三十年來，中國人一直在發見物，很少注意到「人的發見」。沒有物的發見，是不能有人的發見的，但也不是去發見了物，然後去發見人；發見物與發見人本來是一件事。從《詩經》到漢朝，漢民族已有人的發見，而六朝到唐朝所發見的，尤其是漢民族的光榮；因此前此所發見的，是發見了人生，而六朝到唐朝所發見的，是發見了人生的超過它自己。這樣子明物見性，才是文明。我在別的文章裡說過：「人不是生於一個時代的，而是生於一切時代之中」，所以漢民族的文明是永生的，有它的傳統。民國以來，最大的遺憾就是許多人的喪失這傳統，而只在那裡格物致知。其實，在士大夫之間，這文明的傳統從宋朝開始就已經稀薄了。他們以明心見性，代替明物見性，原有的文明傳統這樣就只剩下了軀殼，變成了玄學與禮教。從張之洞他們開始，經過辛亥革命，五四運動與北伐破除宋朝以來的玄學與禮教，這功勞是不可磨滅的。但不把物的發見與人的發見看做一件事，止於物的發見，結果必至於連物的發見也有所不達，半途而廢，所以魯迅他們努力提倡科學，而科學還是和扶乩結合了。人事的明朗化也與人生的明朗化是一件事，單獨要使人事明朗化是不可能的，所以魯迅他們努力打倒舊禮教，結果卻來了洋禮教。人生好比一首詩，有格律就沒有詩，但倘若沒有詩，就是破除格律也無用，想使格律成爲韻律，結果只是出現了另一種格律。魯迅他們要破除習氣，結果也只是出現了另一種習氣。漢唐人是沒有習氣的，宋人才有。我很不喜歡閨秀詩和甚麼上人的畫，就因爲閨秀氣太重，和尙氣太重，而人氣太少。基督教青年會的幹事有習氣，教授有習氣，官僚有習氣，清末的旗人有習氣。習氣使人不能開門見山，表現他是一個人。左派也有習氣，一見左派，使人觸目驚心的是只見他是左派，需要研究一下，才能知道他也是個人。魯迅努力破除習氣，然而有破沒有立，他沒有做到人的發見。

魯迅的這弱點，也是因爲他不能超過這時代。這時代，達爾文的進化論和馬克斯的唯物論完全把他壓倒了，而這也正是使他不能超過這時代的原因。魯迅對於漢民族的傳統文明，從心底裡有一種愛好，他讚美漢朝的銅鏡，收六朝畫像，編唐人小說，但他以理性克服自己，說漢六朝與唐的好處都是外國來的，更證明現在需要外國文明。這還是魯迅。魯迅以外的人更是崇拜外國文明到了嫁雞隨雞，嫁狗跟狗的程度，完全忘記了中國自己還有更高的文明傳統。但五千年的中國，漢唐就佔了將近千年，中間還有輝煌的六朝。再以前是《詩經》的時代，也是很好的。漢民族文明的傳統實在是很深厚，宋以來的墮落比較起來不過是個短時期，這文明的傳統在士大夫裡失落了，而在民間還在保存著的。所以民國以來，不過三四十年，西方文明的衝激之下，漢民族的文明傳統如新生的鳳凰，又飛出來了。中國近年來出了兩個人，一個是廢名，一個是張愛玲。廢名推拜溫庭筠的詞，李義山的詩，可惜他只開了一個端，底下就沒有了。張愛玲的小說與散文則盡有六朝人的人生的華麗，這經過西方文明洗滌過的漢民族的文明傳統，是將給世界開一個時代的。

羅馬的世界滅亡之後，歷史不在於哪一個國家的興衰強弱，而在於基督教的文明。但基督教的文明到底是不足道的，現在又是另一羅馬式文明的世界在滅亡中了，歷史也將不在於這次世界戰爭中哪一個國家的興衰強弱，而在於一個新的世界文明，統一東方文明與西方文明的更高完成。現在可以看得出來，這人類的光榮將歸於漢民族。而最能懂得這個的，將是大和民族。

所以我們要自珍自愛，中國的革命，將是世界的文藝復興。

原載一九四五年三月上海《苦竹》第三期

給青年

在這樣敗落的時代，有時仍能看到元氣旺盛的青年，心裡眞是感動的，但我不知怎的聯想起一種盆景來，在白瓷盂裡盛上水，養著一片棉花，撒幾粒穀子在棉花裡，慢慢地抽茁秧來，一二寸高，針一般細，也青青蔥蔥的。不過沒有泥土，究竟不能成長結實，日子一久，就萎黃了，這樣的萎黃，看了是使人慘怛不舒的。現在的年輕人的一時的青蔥，也是像那穀秧一般，靠的只是胚胎裡帶來的營養，要成長結實，還得有泥土。地殼初形成時是沒有泥土的，岩石風化了也只成爲沙礫，是動植物的新陳代謝，把有機體滲到沙礫裡去才把沙礫變成泥土了。社會也是一樣，要有使人類可以成長結實的環境，只有在生命的勝利與死亡裡去創造。

如魯迅說的，現在的中國是一片沙漠：沙漠裡是長不出大樹來的，只有秧。城裡人暴殄天物，專揀幼小的東西來塡口腹：乳豬、小雞、蔬菜的苗。還把七八歲的女孩子變成婦人。在街上，有時可以看到走江湖變戲法的，叫出一個人來，頭大身短，衰老了的嬰兒。看著眼前的這些青年，社會給他們的教育，政府給他們的訓練，我覺得非常傷心，並且憤怒了。

一次在火車上，我看到兩個青年，一個問另一個：「那雌兒常來找你嗎？」回說：「總是我找她的，她不能來找我，我不把電話號碼告訴她。」聽下去，「那雌兒」是女學校的一個學生，一眼看中了這男的家境，這男的呢，竟也知道「雌兒」是玩得惹不得的，非常老世故，這麼的雙方也都沒有不滿意。我打量了那兩個青年一番，心裡想：「年紀輕輕的人，連戀愛都不能了！」看著車窗外掠過的原野，太陽裡的村莊與城市，車廂裡的這樣的言語遺落在鐵軌上，是玻璃屑一般刺傷行人的腳的。

又有一次，在電車上，也是聽的兩個青年在談話，看他們挾著書包，可見都是學生。他們談論著股票行市，可惜他們力之所及只囤了兩打鉛筆，一盒子橡皮。年輕人學壞，在我是只有惆悵，沒有憎惡的。但我寧願他們去做強盜也不願意他們去做市儈，我看不起那學生的兩打鉛筆與一盒子橡皮。

如今的日子也眞是艱難，一個扣子落掉了，也沒有能力添配新的。世界上的東西一天一天少下去，少了去的統不再回來了。簡直是朝不保夕。連年輕人的心也盡在收縮，很窄很窄，一點徘徊的餘地都沒有，一個個都變得非常的精明。沒有感情，沒有智慧，只靠一些藐小的理性來自衛。要想這一代的青年有希望，我以爲還是使他們首先懂得戀愛吧。希臘的黃金時代，義大利文藝復興時代，法蘭西大革命前夕，中國的五四運動到北伐前夕，都是男女之愛最輝煌的。

中學時代我有個朋友，在大學裡讀書，讀一年，就得停半年做事籌學費。他有個愛人在杭州，後來談到結婚，女的正要提出條件，他攔住說：「愛是無條件的。」就此斷絕了那女的。與其不全，寧可沒有，那樣的人我佩服。還有一個朋友，也在杭州，他愛女子師範的一個學生愛了五年，後來女的出去做事，跟一個小學教員走了，她的母親把她找回來，做好做歹要找那朋友寬容她。看到她的羞羞慚慚，與她的母親的更卑劣的打算，我那朋友跑去酒店裡尋醉，哭泣了幾個整夜，然後接受了她的婚姻。像他那樣的善良，有廣大的憐憫與饒恕，我也佩服。

前幾天，又有個日本朋友告訴我他年輕時候的故事：「從鐵路到學校之間有個酒店，常時我從鐵路那裡回來趕不上學校裡夜飯，就在那酒店裡喝酒。店裡只有一個老闆娘，兩個女侍，沒有男人，因此生意很好，我可沒有那麼些念頭的。有一次，一個浪人想是爲了對女侍不樂意，盡在那裡鬧。於是我說了：『這裡不是你的家，別人也在喝酒的，你不能這樣鬧的。』那人問我是甚麼人，我說：『我不必告訴你，總而言之，你不要鬧吧。』這樣就打起來了。打架嗎，恰恰是我的拿手。回到學校剛睡，半夜三更舍監派人來叫了，去到那裡看見那浪人已先在。舍監問我：『你爲甚麼打人呀？』我簡單地說了。舍監聽了說：『你對，他不對，你可以打他。』我就打他，用繩子把他綑在電桿上。第二天，那酒店裡的老闆娘和女侍送了禮物來，學生們沸沸揚揚的有了話柄了。此後再去那酒店喝酒，怎麼也不肯收錢，幾次之後，只好不去了。學生常有冒我的名去喝酒的，我也不在意。

「一天，在鐵路邊遇見一個女學生，給我磕頭，一看原來就是那女侍，年小的一個。她是和她的姊姊白天在英文學院讀書，晚上幫母親開酒店的。我思忖了，她可以做我的妻嗎？可以的，於是我和一個長輩，大我兩級的同學商量，他教我寫信，我就好好地寫了一封信，由他陪著去那酒店裡，等別人散了把信交給她。那妹妹不敢過來我們這一邊，有個西裝穿得很體面的年輕人也在那裡喝酒。是她的姊姊照料我們，問了問，知道那人是個豪商的兒子，很愛她妹妹的。那是我的敵人了。別人都散了他還不走，我對他說：『你爲甚麼還不走；我有事情，你走吧！』那人怕了，匆匆走掉。我叫了那妹妹來，把信交給她，說：『我有話和你說，可是有點不敢似的，全在這信裡了，請你好好地看，三天之後早上十點鐘在鐵路邊再見。』到了那一天，她由她的母親陪著來了，說我在信裡說的都接受。甚麼時候結婚呢？我說我要到中國去，三年之後回來結婚吧。眞是路遠迢迢的，但總之是這樣說定了。

「我到北京讀書，她寫了信來。我那時正年輕，年輕人有太多的感情，所以特別喜愛理論，我把她的信看了，裡邊沒有理論，覺得這樣的女孩子的信太沒有意思了。我寫回信說：『你的信太沒有意思了，你得好好用功，』還說了這個時代、我們的國家這一類的話。此後她不再來信。我想，三年之後回去可以見面的，不寫信也可以。三年之後回去，尋那酒店時，沒有了。她的姊姊嫁給我的一個同學，聽說她也和別人結婚了。我也沒有深刻的煩惱。」

我喜歡這故事，樸實，剛健，而又入情入理，眞是浩浩蕩蕩的氣象，連幼稚的地方都是可愛的。因爲有這樣大的感情，所以沒有傷感的成分。唐人的詩：「知君用心同日月」，就是這樣。

炎櫻一次談到跳舞，說：「跳舞是一切藝術中感人最深的，音樂與圖畫都是身外之物，而跳舞是以人來表現的。」有感情有智慧的人，能夠走到別人的人生裡面去，有很深很深的愛悅，戀愛就是教年輕人懂得這個。在衰敗的國度裡，男女之間流行的是嫖，連年輕人也像獨身的中年男子的知道怎樣避免上女人的當。也有戀愛，但因爲感情的藐小，總是傷感的。左傾文學裡寫的戀愛故事，沒有嫖的穢褻，沒有傷感，可是也沒有愛。從這等人裡邊，是怎樣也產生不出一個藝術家或革命者的。中世紀的騎士要經過崇拜女人的訓練，那樣教條式的戀愛我不喜歡，因爲它太像絹製的紙紮的花朵，也自成圖案，可沒有生命。但我覺得，一個民族沒有歌，沒有愛，連喝酒都不會，總不是一個有作爲的。

但如今的年輕人，也有比年老人更老成的，說求學時代不宜於戀愛。這說法我不以爲然。不該把年輕時候看做人生的準備，卻是年輕時候有它自身的完全的。青年爲中年而準備，中年爲老年而準備，老年爲死而準備，倘是這樣，只有死是完全的，而人生的每一段都不過是手段，沒有它自身的目的，活了也等於白活。眞的人生可是沈啓无的詩裡說的：

朝露

有人比做你是人生

我欣悦你佔有這個清新

這也就是你的一生

因爲是這樣，所以即使年輕輕地死了，也沒有遺憾，因爲他自己是完成的。爲甚麼要那樣局促呢，連戀愛的餘裕都沒有，連花錢買本刊物的餘裕都沒有？求學問也得看你的底子。必須是活的樹，才能吸收雨露與陽光，倘是含苞的花，自然更長得鮮艷。一個人沒有生命力，學問對於他，也不過像雨露陽光黏在電線桿上，開不出花來的。辛亥革命、五四運動、北伐前夕，那時候的人都活了起來，雖然又要流亡，又要坐牢，又要爭鬥，但在思想與學術上部放有異彩。北伐以後，青年都靜靜讀書了，而這一代思想與學術也最貧乏，停滯了。

有了理性再去戀愛，有了學問再去革命，那樣的話也是不對的。人是在做人中學會做人的，不是學會了做人然後去做人，人生是創造，不是一套理性與學問可以安排的。因爲是創造，所以人生的每一節都是活的，伸長著，在這伸長裡有滿足與喜悅，而這也就是一切。大人物的兒女往往不成材，大人物的學問事業原是闖出來的，徒然把結論教給兒女，是不行的。也有不拿結論，拿他過去一步一步的發見做成方案教給兒女，也不行，因爲光是追蹤他的一步一步的發見，不能像他的一步一步地生活過來，等於一件藝術品的複製，那裡及得上原作？

人生譬如燒窯，模型部分倒是最不重要的，最重要的部分是把胚子放在窯裡用火燒。有一種叫做「窯變」的，燒出來的瓷器，形體彩色與質地都變得不是原來的，美好得驚人。而最美好的東西，如同鑄劍，如同安琪密格羅的雕刻，則根本不用模型。而學校不過是模型，教師眼中的好學生，出了學校幾乎全是庸碌之人。青年不該是可塑性的，生命如同水流，是水流造成河床，不是河床造成水流，沒有水流，河床是會變成墓穴的隧道的。

如今的權威者正在用各等各樣的模型來捏塑青年。這裡的青年，常有跑到重慶去抗戰的，到得那裡，上頭卻不讓你抗戰，只叫你安安靜靜地念書，連學生組織宣傳隊到鄉下去勸誘壯丁應徵也不要，組織慰勞隊去慰勞前線士兵也不要，有時傳來軍事勝利的消息，可以舉行遊藝，遊行慶祝是禁止的。遊行示威當然更不准，即使在紀念七七、八一三，示威的對象是日本。就是恐怕學生參加抗戰會引發學生運動。連打倒日本帝國主義的話都不許學生說，恐怕會追究到帝國主義到底是甚麼，並且追究到該如何打倒。連文學都避免拿抗戰做題材，恐怕把抗戰與一般人的日常生活放在一起，會惹起問題。而冠冕堂皇的理由卻是：爲的是愛惜青年的學業，所以不要他們參加抗戰。還怕學生要自動組織起來，特意辦了三民主義青年團，利用學生防止學生。就是三民主義青年團也沒有拋頭露面去工作的，怕讓他們出去到太陽底下會忽然明白過來，因爲究竟是青年，人數又多，不比經過個別訓練的特工有把握。

但這樣子愛惜青年的學業，青年的學業還是荒瘠的。重慶至今施行的是買辦教育，它的模型裡捏塑出來的是西戀式的人物，能做銀行洋行的行員，能做技師，會計師，機關裡的科長科員，十分用功的還可以做到經理。經理、行員、技師、會計師、科長科員之類自然也需要的，倘使只有這些，卻是功利主義得可怕，像辛亥革命前夕的話：「發潛德之幽光，振大漢之天聲」，那樣氣象全沒有了。

又一等是延安的做法。中共叫青年蔑視感情，尊重理論，要爲大家謀幸福而犧牲，要放棄個人自由，服從鐵的紀律。其實理論與感情衝突，十有九錯的是理論不是感情。感情不是感覺，也不是脾氣，它是生命自身，如我在一處說的：「是這樣的夜，連溪水的潺潺都是有情有義的。」和中共的人在一起你有煩悶、悲哀，他就說你是小資產階級的軟弱，大資產階級的感情的奢侈，必得像他那樣自信才對。這種教條我不能接受。且不說古代的希臘，中國的漢朝唐朝，是個悲歌慷慨的時代，就說近人吧，譬如孫逸仙先生，他的老友日本人告訴我，幾次孫先生革命失敗，大家慰藉他，商量怎樣再起，他說：從此以後我們再也不幹革命了，還要叫我們的子孫總不要弄甚麼政治。大家聽了簡直無法可施。可是過了一個時候，大家再看到他，他一團興高采烈，說這次一定可以成功了。我覺得這才是眞的人生。另有個人盡和我說他過去和孫先生如何親近，問到孫先生日常生活，他說：「孫先生無時無刻都是樂觀的。」偶然也苦悶憂傷嗎？「那是絕對沒有的。」我疑心他說的是孫科，不是孫逸仙先生，所以這樣樂觀，面團團的，看看孫先生的照片和陵園裡的雕像，怎麼也不像是這樣的。

又如魯迅，他那麼堅強，然而他是有著大的悲哀的，這從他的抒情文裡可以看得出來。他慘傷，悽厲。慘傷與悽厲並不是好的，涅克拉索夫的詩《嚴寒，通紅的鼻子》一般也有大悲哀，然而不慘傷，一般也有大的抗議，然而不悽厲，因而是更莊嚴，不可侮的。炎櫻畫的《苦竹》的封面，大紅大綠用的都是正色。因爲是正色，所以典雅，是滿蓄著感情的一個大的安穩。那竹枝和竹葉，沈啓无說：「看著不像是筆畫的，像是木刻的板畫，好又好在不是圖案。」是生命的表現，連筆觸都不過是有限制的技巧，繁碎的言語，到此一齊寧靜下來了，所以看著像是木刻的板畫，有一處圖案美，然而不是圖案。圖案畫我嫌它有太多的感覺與說明。

魯迅的悽厲是從慘傷裡來的。這慘傷不是可以用理論來克服，只有以更莊嚴的不可侮的感情才能使自己更堅強起來。而中共教給青年的憤怒，卻是連慘傷的底子都沒有的悽厲。非人的恐怖。加上那種以刺激性的興奮做底子的樂觀，江湖賣解人的保證，南貨店老闆的世俗的滿足，與基督教青年會幹事的頑固混合而成的自信。這種堅強我不要。我喜歡沈啓无的詩《鷺》，裡邊有這麼一句：「白羽乃靈魂的寧靜」，喜歡列寧的描寫契訶夫，說他有柔和的眼睛，看看列寧的照片，臉上也有這種寧靜與柔和的。

青年人懂得煩悶是好的，如同歌德的小說裡的維特，是生命的燃燒，冒起一陣陣的煙，火光要想透出來了，然而還沒有透出來，是這樣一種煩悶。中共叫青年用理論克服煩悶，等於用冷的水與硬性的砂撲熄煙，火光也被撲熄了。不如讓它冒煙，煙冒得大，火光到底就會透出來的。傷感與煩悶又不同，它只是廉價的感情。但也不能用理論來克服傷感，只有以更大的感情來超過傷感。

要爲大家幸福而犧牲的話，也是使人慘怛不舒的。以色列人用頭胎生的兒子，頭胎生的牛羊殺了祭神，叫做犧牲。犧牲是爲了施恩或報恩的。一涉恩仇之念，即生鄙吝之心，我自己很有這經驗。中世紀的騎士報恩仇，儘有故事，然而有限制的慷慨激昂總是不能成爲好的藝術作品。從前看過俄國的電影《黨人魂》，有五百年來的冤仇的話，我很不喜歡。我喜歡的是魯迅的女媧的故事的構想：天與地都是橙紅的，到處有生命的喜悅，一個裸體的女人在那裡煉五彩石補天。這故事魯迅雖然沒有寫好，但這構想眞是使人神往的。以色列人的上帝創造天地，施恩於人，後來又因爲人的忘恩負義，用洪水來毀滅，這樣也無效，於是差遣先知，一個又一個，要他們教訓亞當夏娃的子孫知道感恩，嘮叨得使人不耐煩。

報仇的事，我是平常想也不想。後來跟魯迅學習，念念於「以牙還牙，以眼還眼」，總覺得有一種勉強，結果還是斷然拋掉了。革命是創造，是人生的昇華，比方此刻我寫這篇文章，是給青年看的，但倘使不是我自己喜歡這樣寫，老實說，無論怎樣於青年有益，我也不幹的。我寫，只是因爲我自己喜歡，並不爲了甚麼。我想革命也一樣。也是人生的完全，它的自身就是目的，並不爲了甚麼。一次我和一個日本人談天，他說：英美爲了大西洋憲章而戰，我們這裡也紛紛地在說明戰爭的目的，爲了南洋的物資或爲了南洋的解放，這都是市儈的議論。我們打仗，並不爲甚麼目的。把戰爭加上一個目的，它就變成忍受的，不是飛揚的了。甘心願意地從事沒有目的的戰爭，這話初聽使我驚訝，但細想一想，可眞是廣大的。有人可以做了錯事，仍然不是罪惡的，也有人做了好事，而仍然不偉大。革命是好事，但倘使把革命加上了某種目的，它就不是人生的昇華與完全，只是人生的手段了，紛紛說犧牲，也不過如中世紀騎士的有限制的慷慨激昂。

《金瓶梅》裡我佩服李瓶兒，在西門慶家，她給那一個人都有好處，很「爲大家的幸福而犧牲」似的，別人反而恩將仇報，臨死之際，她的丫頭很替她不平，她說：「罷了，天不言而自高，地不言而自厚。」她過的是委委屈屈的一生，但又是何等的廣大，就因爲她沒有想到甚麼犧牲不犧牲。她一生施捨，並非爲了別人，她還是做她的人。

凡是動不動抬出一番大道理叫人犧牲的，存心就有欺騙。所以魯迅說：「有人叫我丟了飯鍋去革命，我自然不敢不以爲然，但倘使叫我坐下，調一杯罐頭牛奶給我喝，我往往更感激。」

還要叫人放棄個人的自由，服從鐵的紀律！這紀律是誰定的呢？又怎麼變成了鐵的？紀律不能作成莊嚴，只能作成嚴肅，變成了鐵的，也不過作成了嚴厲。斯巴達三百人守溫泉峽，全體戰死，墓碑上寫著：「他們依照他們的規矩躺在這裡」，那樣的莊嚴，一定是在紀律之外還有他們的東西的。塞班島日本守軍的全體戰死，也絕不是紀律做到的。倘說紀律的話，紀律該是生命力洋溢的撙節，不是督率。用紀律來督率，像醫生給畸形的病人用夾板。而革命是最健康的，也用夾板，簡直不能想像。革命者不投降，不作小打算，那是從人生的堅貞的感情裡發出來的，編到隊伍裡，合著宏大的音樂拍子走，也有它的美，所以使人不覺得有紀律。沈啓无有一首詩，非常好：「萬物動搖，率如朝槿。明月在戶，憂不可隱。臨此暮寒，攬衣拭冠。君子立身，能無潛歎？」這「攬衣拭冠」，裡面就有這麼一種堅貞，大而美。凡是強調紀律的，一定是外強中乾的東西，如同羅伯斯庇爾的恐怖，到底不能成事的。

年輕人因爲有太多的感情，所以糟蹋感情，因爲有太多的自由，所以糟蹋自由，如張愛玲的小說《年輕的時候》裡說的：「黃昏的天淹潤寥廓，年輕人的天是沒有邊的，年輕人的心飛到遠處去。可是人的膽子到底小。世界這麼大，他們必得找點網羅牽絆。」

「只有年輕人是自由的。智識一開，初發現他們的自由是件稀罕的東西，便守不住它了。就因爲這自由是可珍貴的，它彷彿燙手似的——自由的人到處磕頭禮拜求人家收下他的自由。……」

中共就是利用年輕人的這種天眞，無代價地收下他們的自由，而交給他們一個紀律，鐵的。年輕人自己，平時也無事造孽地訂工作表，規定怎樣用功，強迫自己去遵守，遵守不了，又以爲自己意志薄弱，其實那裡是這回事，他那工作表根本是不必有的。

至於在被佔領地，上頭人捏塑青年的方式，是重慶的與延安的混合。重慶的是不要青年干預政治，只許青年學成出校後參加機關行政。延安的是叫青年做政治的突擊隊，但是不許做政治運動。被佔領地也摹倣重慶，也摹倣延安，所差的只是沒有一個整然的體系。

我常時很惆悵，政治也好，革命也好，對於我只是人生的一部分，它把別的部分攔阻了，所以我總想放下它。約翰說的：在我之後來的比我更大，我就是給他解鞋帶也不配的。我也頂多不過是這樣，做個啓蒙運動，讓人們醒來了，由他們自己打主意去。現在我要告訴青年的只是：世界上是有可以相信的東西的，但不要隨便相信所謂「愛國者」，「革命者」，或「大東亞志士」們的話。不要請求別人替你們開路，只有你們自己能開路。不要請求別人領導你們，要在你們自己當中生出領導者。辛亥革命以來，學生有過輝煌的歷史，你們要學習，還是從這歷史的經驗裡去學習吧。

辛亥革命，大半是留日學生發動的，如西諺說的：「智識是由國境來」。不過他們沒有學生會的組織。梁啓超他們在湖南辦的時務學堂，和秋瑾她們辦的紹興大通學堂的學生，都不過是革命的挺進隊，也沒有學生會的組織，所以背景不深厚，而且不確定。五四時期，有學生會的組織了，可是沒有影響到工人與農民的組織，所以爭鬥得來的只限於文化部分的革命，而且還是守不住。到了北伐前夕，學生會才和工人與農民的組織結合，來了大革命。這個革命中途失敗，所有人民職業團體的組織全受到反動勢力的壓迫，解體了，學生會也被禁止，只准有學生自治會，幫助訓育處管理自己，讀書莫問國事了。莫問國事，到頭來了國難。即使莫問國難吧，也還是可以靜靜讀書的，不過讀的將是另一種歷史地理教科書了。所以，要問國事得趁早。學生是可以問國事的，前例有辛亥革命，五四運動與北伐。怎樣來問國事呢？得恢復北伐前夕的氣象，先從學生做起。

不讓青年從重重的欺騙下解放出來，不讓他們對自己負責任，不讓他們發育廣大的感情，用感情的火光來照見理性，革命運動是起不來的。但青年倘使停止於感情的復活與理性的自覺，而不發展到一個運動，這復活與自覺還是守不住的。有好些青年，衝破了重重的欺騙，到頭變成了虛無，流浪著，慢慢地黯淡，像塵埃一般消失了。這樣的青年，往往是脾氣倔強，有自負而無自信，總在那裡怨恨人們不諒解他。爲甚麼要那麼看重人們對你的諒解呢？你也有你的對於時代的責任的！有個人在《平報》上寫過一篇文章批評我，記不清他的名字了，他說：「這時代辜負了胡蘭成，胡蘭成也辜負了這時代」，我很爲他的這話所感動。我想我以外還有許多青年該虛心接受他的這責難的。

我認識好些這種有自負而無自信的青年，都很有才華，不願意做的事他固然不做，連他願意做的事，忽然心血來潮，也扔掉就扔掉，永遠是起頭，起了頭就沒有了，沒有機會在機杼上織出花朵來，漸漸的才華只剩了才氣。這種青年，我希望他們能讀一讀上面引的沈啓无那首詩，「萬物動搖」，「攬衣拭冠」，有肯定的感情的美。但這不能僅僅靠個人的振作，必得發展成爲一個運動，青年才能集體地得到感情的復活與理性的自覺，而得到了這復活與自覺之後也有所歸。

原載一九四四年十一月上海《苦竹》第二期

紀念「五四」

五四運動過去二十二年了，三十歲以下的人已不能瞭然，三十歲以上的人呢，早已脫離學生生活了。有的倒霉，有的發達，心境也各各不同了。倒霉的朋友們不必說，他們已經成了時代的渣滓，年輕時候做的事等於一夢。發達了的朋友們是更不願意再提起五四運動。何止五四運動呢，連提起北伐，現在都覺得有點後悔似的，因爲他們現在不喜歡有任何驚動。

五四運動出來的劉半農很快就倒轉來笑罵語體文。北伐達到北平，蔣介石的第一個動作就是拜訪段執政，究竟咱們還是一家人云。

然而五四運動還是偉大的。它把中國文化提到世界文化的場面上去再估價。也正是這一點，使許多後來的人感覺不愉快，說它打擊了中國文化，並且即刻拿「中學爲體西學爲用」的教條來糾正它。但也仍然有人以爲，文化的差別一種是進步與落後的差別，一種是民族間的差別，因爲這兩者容易混淆，而且往往故意地被混淆，所以弄到以保持落後爲保持民族文化，而體用之說則徒然成爲一種玄語。至於最動人的中國固有道德與東方精神云云，也需要加以考訂。東方精神並不能幫助我們發揚民族文化，例子是，德國與英法，都是西方精神，但他們的民族意識的界限還是森嚴的。由此可知，我們如果接受西方精神，不見得就迷失了自己，而執著東方精神，不見得就能發現自己。我們要保持民族的道德，也須注意不要變成保持了宗法社會的遺規。

甚麼是民族文化呢？就是一個民族求上進的意識形態。爭取國家的統一，爭取國際地位的解放，爭取國內生活的現代化，與這種精神配合的生活方式，就是中國所需要的民族文化。能夠保持這個，並且發揚這個，總不必怕因爲歐化而忘記了祖宗。科學是我們一定要提倡的，不但要有運用科學的技能，而且要有科學的人生觀；體與用是分不開的。我們是東方人，可是我們覺得東方人需要反省，不可以看輕物質，看輕物質是會弄到經濟被剝削，領土被宰割，而處之泰然，仍在那裡讀四書五經的。

五四運動之所以偉大，就因爲它在這些地方給予了我們可寶貴的啓示。

可惜五四運動當時缺乏健全的領導，幾乎只是一種自發的運動。但亦因此，所以是純潔的，比較後來蔣介石用他的幕僚來領導，比較後來中國共產黨用它的別動隊來領導，卻是要好得萬倍。現在的人們，對於中共的一套是厭倦了，知道非矯正過來不可，然而因爲找不到矯正的角度標準，覺得還是蔣的那一套是正統，這將使中國文化繼續陷於無出路。中共是不滿意五四運動的，覺得不夠「普羅」，蔣氏之徒也不滿意五四運動，覺得跡近「暴動」。可是我們，卻要承認五四運動之進步的意義，並且惋惜五四運動以後的倒退。

選自一九四二年上海國民新聞圖書印刷公司初版《爭取解放》

文化的厄運

文化已墮落爲二十世紀的神的奴婢，自然科學，藝術，與社會科學都在荒蕪中。

就自然科學而言，它的發展，不但需與產業結合，更需與時代的向上氣象結合。可是，托辣斯所要求的卻不是自然科學家，而是技師。他們不但不願意讓自然科學去開拓更廣大的領域，還要把原來已經開拓了的領域收縮，他們對於自然科學已經到達的高度發生不安。他們憎惡自然科學的世界觀念，因爲它是和帝國主義的世界秩序失調的。他們憎惡自然科學創造世界規模的產業技術，因爲它是和市場的壁壘抵觸的。他們要保護唯力論，便得追逐愛因斯坦和他的相對論。他們以此種環境去打消自然科學家言援灌溉沙漠與耕種海洋的動機。到處是市場的壁壘的世界是局促的。一切都是商品，一切都爲了商品，便一切窒息於功利主義。自然科學在這局促的世界，在這功利主義的氛圍中，是不可能有創造的喜悅的。

不但在工場中自然科學萎縮而爲只能發明一些另件，即在軍火製造方面也同樣的無生氣。第二次世界大戰的武器可驚的，但以之與第一次大戰對照，卻不過在量上加大加多而已。倘再以之與拿破崙戰爭的武器比較，則在進步的程度上更見得相對的遜色。死光死聲之所以至今沒有出現，便是因爲戰爭不能要求光學與聲學有此飛躍的發展，此種飛躍的發展，卻是有待於時代的向上氣象給予自然科學以無拘束的創造力。戰爭並不能推進自然科學，它只是把自然科學的遺產浪費。戰爭者不能瞭解自然科學的進步是綜合的，它在一般工場中的桎梏著，則在武器製造方面雖然以獎勵來刺激，還是不能產生奇蹟的。

於此有一問題：何以在封建社會沒落之際自然科學有劃時代的進步，而在資本社會沒落之際，自然科學卻只有萎縮？答案是，資本主義革命的物質世界的基地，和封建社會的是截然不同的，而二十世紀的革命的物質世界的基地則是繼承資本主義的遺產，所以二十世紀的革命沒有它的瓦特。

藝術的遭遇比自然科學更壞，因爲藝術較之自然科學更成爲不需要的，而資本主義末期的功利主義對於自然科學還能寬恕一部分，對於藝術卻是絕不寬恕。這一時代的人，在生活上之於藝術，比較在工場中之於自然科學，是更爲失調的。在奢侈與窮苦的兩極端，生活與藝術絕了緣。

自然科學現在是被肢解著，拆散它的體系，剝奪它的創造力，而只剩下了技師的智識，但智識仍然是自然科學的，藝術可是不然，它的體系一被拆散，創造力一被剝奪，剩下的只是廣告匠技巧，藝術便全部被毀滅了。

也因為這個緣故，商品在其製造上所表現的自然科學，較之在其裝潢上所表現的藝術，還是比較的成功。而自然科學之被利用於戰爭的武器，較之藝術之被利用於戰爭的宣傳，後者的效能簡直是等於零。藝術的自我完整性是更難以削足適履的，而藝術之不能揮之使去，喚之使來，也比自然科學還更倔強。

於此，發生了與自然科學同樣的問題，何以在封建社會末期藝術有劃時代的飛揚，而在資本主義末期藝術卻只有枯絕？這較之解答自然科學的問題需要更複雜的解釋。藝術較之自然科學被監視得更嚴，是一個可注意的事實，但光是監視是不能毀滅創造力的。還是因為二十世紀的革命前夕根本不可能有新興藝術的緣故。藝術的發展，不但取決於時代的向上氣象，同時取決於時代的文化水準。封建社會文化水準的終點，到資本主義時代文化水準的起點，是經過一個飛躍的，但未來的新時代的文化水準的起點卻是以資本主義文化水準的終點為出發。所以資本主義革命有交響曲出現，而未來的新時代則不能有同樣偉大的發明與創造，卻是只有重拾交響曲之墜緒，接收為末期資本主義所不能保有的文化，而以之為繼續發展的起點。藝術的這一前途，和自然科學的有其共通點。

人們往往有一種錯覺，以爲接收前一代的藝術遺產，較之接收前一代的自然科學遺產有更多的問題。因爲藝術較之自然科學是更爲階級性的。這種錯覺，是由於對文學的誤解而來。倘若拿音樂與建築來說明，就可以簡單些。音樂與建築都是不著言語的，形式的旋律就是一切。藝術通過階級而表達人類的自由與熱情，階級是可以被歷史否定的，但人類的自由與熱情則只能被繼承而發展。不但悲多汶的交響曲與凱旋門的建築不能被資產階級專利，就是更古的金字塔與峨特式的建築，在其表達人類的虔誠與崇高的意味上，表現人類的創造的喜悅上，也將以新的藝術形式在歷史上再現的。未來的新時代，將如文藝復興時代之從敗家子的手上追究到極盛時代的遺產，從接收工作做起。

但在新時代的負荷者還沒有取得接收遺產的身分的今日，藝術自然科學同樣只能眼看其衰退，要想越俎代庖去推動它，簡直是沒有辦法的。以上的說明同時也解答了何以資本主義革命當時新文化運動如火如荼，而現在則文化運動有待於政治運動來推進。

社會科學的命運是和自然科學同樣的被肢解著。資本家現在已成爲猶太人，他們要的是商業簿記，不是經濟學，要的是行政技術，不是政治學，要的是檔案，不是歷史學，要的是外交情報，不是國際問題的研究。他們只願意處理處理日常事務，而避免檢閱時代的輪軸。他們深惡所謂「預測」，生怕預測會預測出不祥之兆來。舉實例來說，一批所謂國際問題專家對於國際事件的發展，總是不能判斷，也不敢判斷並且嘲笑判斷的。他們說：國際事件的發展是和打牌一樣，偶然的成分太多了，你又怎能判斷？或者這樣說：要判斷國際事件的發展，除非能夠收集到一切有關的資料與秘密文件，這需要專門爲此而設的大圖書館，和一大批各式各樣的專家，再加上與國際間諜網的聯絡，否則，你又怎能判斷？還有一種說法是：在英國決定參戰之前的一點鐘，連張伯倫本人都不知道究竟會不會打起來的，你又怎能判斷？

其實，歷史事件的發展是絕不可以和賭博相提並論的，要判斷它的方向與時機，雖然沒有看到秘密文件也可以做到（秘密文件的價值事實上不能看得過高，有許多秘密的決心與協定並沒有兌現），而且這種判斷也無須徵求當事人的同意，有如天文學家對於行星的軌道可以比行星自己知道得更清楚。

自然科學、藝術、與社會科學是如此的在一齊衰退中，因爲它們被桎梏著。但今日文化之被桎梏，在歷史上並不是第一次。它曾經戰勝桎梏，今後它仍將是戰勝者。

一九四二年七月十七日

選自一九四二年上海國民新聞圖書印刷公司初版《爭取解放》

紀念羅曼羅蘭

報上說羅曼羅蘭已於前幾天逝世，看了心裡很有一種惆悵。羅曼羅蘭的事我知道得很少，只知道他是文學家，第一次世界戰爭時曾經因爲反對戰爭而下獄。第二次世界戰爭可不聽見他怎麼樣。在炮火的波濤裡，偶然也泛起幾個人的名字，弗洛依特、愛因斯坦等等，這回又提到了羅曼羅蘭，似乎無足重輕，然而每回都使人記起文明，有一種夢境似的懷戀。還有一些人的名字，像英國的奧爾陶斯．赫克斯萊他們，現在又在哪裡呢？這種淡淡的掛念，使人彷彿走回另一個世界裡，一切原是非常熟悉的，現在可變得遼遠了。

羅曼羅蘭是法國人。法國這個國家有她光輝的歷史，巴黎的凱旋門，和那些從舊時代遺留下來而沐浴在新的空氣裡的建築物，有許多葡萄園的南方農村。現在想像起來可只是一片廢墟，顏色剝落的災難與饑饉，連太陽都蒼涼寒縮了，淡淡地抹在廢墟的牆壁上，彷彿隨時會隨著風的影子消失。我想前人的哀希臘，哀羅馬，就是這種心境吧。羅曼羅蘭逝世，法國是更寂寞了。法國還有紀德，可是不知道他現在又在哪裡，在無邊的災難與饑饉裡，人們彼此呼喚尋找，都不容易找到。

羅曼羅蘭的著作我讀得很少，近來時時想到的倒是都德的《磨坊文札》。都德也是法國人，《磨坊文札》裡寫的是法國南部滯重而和平的生活，幾乎是中世紀的，在炮火下想起它，特別覺得可親可念了。因此我非常憎惡那些慷慨激昂的志士們，他們拿政治經濟與戰爭來規定人生。人到底不是爲了政治經濟與戰爭而活著的，人生卻是比這要廣大得多。沒有廣大的人生，便沒有藝術，只有技術。現在從事政治經濟與戰爭的多是些技術人員，所以甚麼好事情都做不出來。

我一直有這樣的想法，中國現在需要一個文藝復興運動，更甚於需要一個政治運動。歷史上沒有一個政治運動不是以文藝復興運動爲其廣大的背景的。拿破崙之戰當時，日耳曼民族在政治經濟與戰爭上簡直破碎不堪，然而有了悲多汶與歌德，有了光輝的文藝復興運動，是在那樣的時代空氣裡才有政治經濟的統一與革命的。藝術貧乏的民族絕不能是一個偉大的民族，不懂藝術的人絕不能是一個好的政治家，沒有藝術空氣的時代絕不能有革命的政治運動。中國現在政治經濟的破產，我倒不怎麼憂慮，我最憂慮的乃是藝術空氣的衰竭，人生因爲卑瑣，不能從政治經濟的現狀裡解脫出來。

葡萄園荒蕪了，該還有新的萌芽，羅曼羅蘭之後的法國該還有她的春天，這春天，將不是一國的，而是世界的。

一九四五年一月九日

選自一九四五年三月漢口大楚報社初版《中日問題與世界問題》

中國民間

有些中國人對於外國總有一種畏懼，從這畏懼裡生出來的親善，是異樣的親善，而從這畏懼裡生出來的仇恨，也是異樣的仇恨，都是使人不舒服的東西。將近廿年前，印度的泰戈爾來中國，在杭州演講說：印度人愛中國的山河大地，中國人也愛印度的山河大地，爲甚麼印度人和中國人不能彼此相愛？外國果然有美好的東西的，也有美好的人，但凡看到他們的藝術品，無論是圖畫、雕刻、建築、文學或音樂，總覺得很熟悉，像是自己的，沒有想到要親善或仇恨。倘能把這一點發展起來，我想是許多誤會都可以消釋的。爲甚麼有誤會，就因爲有親善，有仇恨。

我是主張對於日本也不要特別親善，君子之交淡如水，對英美也該如此。至於仇恨，是無論對誰都沒有好處的。其實中國民間就是這心理，講親善與仇恨的不過是那些上等人。以前流行過回回人取寶的傳說，是說的外國人進來之後把中國的傳統之寶都取了去了，這傳說之惆悵，有如希臘文明沒落時的傳說：許多神在山林中號哭，哀悼大神宙斯的死亡。然而中國人到底還這麼生活了下來，民間對於外國的想像，還是《海外軒渠錄》那樣的，是童話裡的世界，說到知識，這當然是太幼稚，而且因爲這種幼稚的緣故，吃了不少苦，然而那情調依然是可愛的，世界眞到進步那一天，是該像童話裡的世界一般美好的。

我要告訴日本人，也告訴英美人、俄國人，告訴無論哪一國人，中國民間其實不慕你們的勢，不貪你們的財，對你們無論哪一個都沒有那種異樣的親善或仇恨的。中國民間對於世界有廣大的愛悅，而且比你們無論哪一個都更懂得寬容。但也不是無抵抗主義。而你們，無論是日本人、英美人、俄國人或別的哪一國人，都要有和這同樣高的境界才能認識中國民間的，此外表示好感，表示惡感，都只能顯出你們的藐小。

中國民間的這種風度，林語堂稱之爲趣味，左派稱之爲落後性，學究們稱之爲禮教，他們都不知道這裡邊有深厚的感情，現在光輝雖然黯淡了，底子還是有的。而外國人以爲這是中國人的善良可欺，是錯誤，以爲中國人有小狡獪，也是錯誤，中國民間其實是因爲廣大，所以對有些事不屑，看來像是小狡獪。學究們不過是沉澱物，而左派與林語堂派又不過是浮沫，他們其實不認識民間。

把中國民間的這底子發揚起來，對外國可以有一個正大的態度，革命也將比法蘭西革命深廣，比俄國革命深廣。

一九四五年二月五日

選自一九四五年五月漢口大楚報社初版《中國人的聲音》

感情的貧困

又是風和日暖，而這裡正是二千年前《楚辭》裡說的有蘭有蕙的地方，現在可是破落到連慷慨激昂都剩下不多了。我是甚麼企圖也沒有，只想有這麼的一天，戰爭成爲陳跡，遍野桑麻，臨水人家有垂楊明樓，讓我可以看來看去地看一下。這很像老人的心境，是悲哀的，然而現在是春天，連憂愁也變成柔和的了。傍午久久在沙灘上，陽光裡江水的小小的浪捲到腳邊又退去了，捲到腳邊又退去了，我蹲著手伸在水裡，浩浩千里的大江也可汲可濯，有一種親切，家裡人遠在上海，也像是就在身邊。「國破山河在」，而春天永遠不是荒涼的。

生爲中國人眞是多災多病，但因爲有傳統的文明，所以苦難對於我們並不猙獰，卻如同一個母親受的酸辛，一個三日入廚下的新婦的爲難與委屈，如同一個孩子，剛哭了，又淚花晶瀅地笑了。中國的革命也該是一個這樣的笑。安特列夫的《紅笑》卻只使人恐怖。曹孟德的詩：「明明如月，何時可掇？」沒有陸放翁的「王師北定中原日，家祭毋忘告乃翁」的倔強，然而是比倔強更不可折斷的。俄國的小說《外套》，做了厲鬼也要索回給偷去了的東西，共產主義革命使人不歡的地方，就在於它有《紅笑》與《外套》的那種恐怖與倔強，倔強也是恐怖的。人類的社會要通過資本制度，也通過共產制度，本不足奇，可是弄得不好，會很使人難受。法國大革命有羅伯斯庇爾，以斷頭台嚇人；後來一八四八年歐洲其他國家的資本主義革命，便沒有這種。俄國共產主義革命空氣，也是恐怖的，但我相信中國的革命可以平易近人情；革命本該是這樣的。

人本來並不固執於私有財產的觀念，欣賞一件藝術品可以完全沒有佔有慾，比方讀到一首好詩，很少有起盜心的。總想佔爲己有，只是玩古董的人，玩古董的人的胸襟只是和收集郵票的人一樣。有廣大的胸襟的人，往往能擺脫物慾。日本的高級軍人當中很有這樣的人，無論調到甚麼地方，隨身只帶一套換洗的衣裳。日本人的房間裡疏朗明淨，簡直沒有甚麼東西，而人生反而見得更美好。要消除私有財產觀念，除了有革命的政綱，應當把人的這種德性提高，有萬物與我同在的懷抱，以對於美好的事物的愛悅與對於醜惡的事物的不快，來代替得失之心。可是共產主義者只在那裡強調私有財產制的不合理，斤斤較量搾取了多少，計算被搾取者的貧困程度，給掠奪了去的東西，務必搶它回來，叫人爲正當的權利而鬥爭。這不是使人從財產解放出來，面是使人更執著，很傷害人的感情的。從古以來，許多藝術家與宗教家，聖賢與豪傑，都叫人要解脫物慾，雖然立論有高下，卻可以看出這是文明的本格，人類生活於物的世界而要求昇華，廢除私有制可以是很近人情的。共產主義者不懂這些，廢除私有制從他們口裡說出來，總使人不安。因爲不安，所以嚴厲。

中國人的哀而不傷，怨而不怒，說革命，也正是革命的最純正深厚的底子。現在的共產黨卻在那裡戕賊人們的感情，要他們慘傷，躁怒，以爲這才是革命情調的昂揚，而其實是等於黃巢的訓練馬，曾國藩的訓練兵。黃巢刳人腹爲馬槽，馬吃了人的五臟，性情便變得兇殘，上陣見人便撲。曾國藩則於打仗之前，放任兵士大賭，賭輸了正要發洩憤懣，一聲令下開拔前線，他們正好拚命，砍殺敵人出氣。可是要群眾革命，到底不該這樣子的。革命是要培養人性，不是培養獸性。如高爾基的小說《曾經爲人的動物》，強調人性的破碎回到了動物，以爲這才是革命的極深刻的底子，落後更變成把人性的殘剩部分都看做資產階級的鴉片或小資產階級的「意地渥洛哥」（案：ideology，意識形態），必須剷盡滅絕爲止。所以普樂文學描寫工人或農民，總是說：於是他暴怒了，像一隻負傷的獸；或者說：他痛苦地呻吟著，像一隻負傷的獸；倘若只是哀愁，就是廉價的感傷主義；又倘若工人或農民也表現了溫情，那更是廉價而又廉價的，應當是熱情才好。其實熱情只是對於事件的，而溫情是對於人生的，熱情的人也一定溫和。

工人果然是要擔當一個時代的，可是工人的傳統文明最稀薄，缺點就只這一個，而這一個缺點是十分重大的。工人爲了五分錢就鬥爭，自然不能說不對，然而就使到了爲政權而鬥爭，也是只有鬥爭的對象，有鬥爭的主體，而沒有文明做鬥爭的底子，所以鬥爭成功了也使一般人感情上很難受，資產階級因爲有較深厚的傳統文明做底子，所以法國革命裡羅伯斯庇爾的恐怖很快就結束了，史大林的恐怖也是羅伯斯庇爾式的，可是俄國的工人忍受到如今，就因工人自身在感情上也缺少從容。俄國之漸漸恢復資本主義，除了政治經濟的倒退原因，更主要的還是因爲工人專政期間並不顧到一般人對於文明的飢渴，使他們在感情上得不到滿足。對於工人革命，人們也知道是眞理，可是總有一種說不出的不喜歡，贊成也是勉強的，其實就因爲怕慘厲的東西，工人就在情緒平和的時候，也只有堅強，冷靜，隨時流露熱情。然而意志堅強如鋼鐵，到底不是人所能忍受的。而那種冷靜也只是嚴峻，使人無可低徊。普樂作家只知道有「徘徊歧途」的徘徊是不好的，他們怎麼也不懂得低徊。低徊不是徬徨，而是感情的有餘不盡。熱情也常常會使人不安，總覺得要被拉長，提高，有一種掙扎。熱情不是深情，父母對子女的是深情，所以不使人有這種不安。

一八四八年歐洲諸國的資產階級革命，並不慘厲，這是工人革命很應當學習的，凡是慘厲的東西都是象徵破落，不是生發之氣。革命該是生命力的洋溢，不是被逼到無路可走的反抗。托洛斯基曾經指出革命的浪潮是開始於經濟景氣開始好轉的時期，倘在恐慌時期往往只能有叛亂，叛亂並不就是革命。但他這話還是只從經濟方面說的，經濟的現狀不過是革命的條件，而革命的底子卻必須是文藝復興。共產主義者有資本論，有唯物史觀辯證法，作成一個很可佩服的學術體系，可是沒有發見藝術，他們對於藝術只有說明，也說明得很不好。這是他們很該虛心的地方。因為他們有這樣一個嚴重的缺點，所以甚麼事一到他們的手裡，本來不可怕的也變成了可怕的。

好比財產共有制，不知怎的給共產主義者一弄就使人失去了許多東西，這失去的東西倒不是財產，世上盡有疏財仗義的人，有樂於布施，甘心自己去做苦行僧的，有一簞食一瓢飲不改其樂的，他們並不看重財產。共產主義者把他們一律看成揮霍的花花公子，虛偽的慈善家，有潔癖的高傲的蟬，這是共產主義者的不懂得人生的飛揚是可以從物慾裡解放出來的。許多能解脫物慾的人也不喜歡共產主義，是因為共產主義者使他們在感情上失落了。《詩經》的時代行的是井田制，人們活得有情有義，就是到了封建時代，也還有許多共有的土地，比方我們鄉下，有一座公共的山，山上有個仰天湖，寬廣十幾里，春天長滿了竹筍，幾個村子裡的人約齊了去拔，家家戶戶成筐成籮地曬筍乾，幾百年來他們沒有爭吵過。拔筍的那些日子有女人有孩子，也有男人，又打扮又唱歌，像在過節日。可是共有制一到共產主義者手上，就變成了靠鐵的紀律在那裡維持，一心念著「我是在爲團體而生產，因爲這是正義，又因爲這是最合理的經濟法則。」有太多的因爲，太多的法則，老是經濟經濟，其實使人受不了。

歷史當然有因爲，也有法則，經濟更是必要的，然而人生是要通過這些而開出花來的。共產主義者的毛病就是魯迅說的「我的生活裡沒有花」。所以我很看重中國的傳統文明，希望能有一個文藝復興運動。而這也是可以作爲我前次說的「人生大於事功」的解釋。人生大於事功不是說不要事功，是說要通過事功並且超過它。有人幾次寫信來問到這個，這裡算是給他的答覆也可以。

一九四五年三月一日

選自一九四五年五月漢口大楚報社初版《中國人的聲音》

文學叢書 223

亂世文談

作　　者　胡蘭成
總 編 輯　初安民
責任編輯　陳思妤
美術編輯　黃昶憲

發 行 人　張書銘
出　　版　INK 印刻文學生活雜誌出版有限公司
新北市中和區建一路 249 號 8 樓
電　　話　02-22281626
傳　　真　02-22281598
e-mail　ink.book@msa.hinet.net
網　　址　舒讀網 http://www.sudu.cc

法律顧問　巨鼎博達法律事務所
施竣中律師
總 經 銷　成陽出版股份有限公司
電　　話　03-3589000（代表號）
傳　　真　03-3556521
郵政劃撥　19785090　印刻文學生活雜誌出版有限公司
印　　刷　海王印刷事業股份有限公司

港澳總經銷　泛華發行代理有限公司
地　　址　香港新界將軍澳工業邨駿昌街 7 號 2 樓
電　　話　852-27982220
傳　　真　852-27965471
網　　址　www.gccd.com.hk

出版日期　2009年 6 月　初版
2017年 5 月15日　初版三刷
ISBN　978-986-6631-95-5

定　　價　260元

本書由香港天地圖書有限公司授權本社在台灣地區獨家發行
Published by INK Literary Monthly Publishing Co., Ltd.

Printed in Taiwan

國家圖書館出版品預行編目資料

亂世文談 / 胡蘭成 著；
- - 初版, - - 新北市中和區： INK印刻文學,
2009.06　面；公分（文學叢書；223）
ISBN 978-986-6631-95-5（平裝）
1. 文藝評論
812　98008241